RUNWAY LOVER di Wataru Tanaka e Yuka Shibano
(shojo, 3 voll., serie completa)
Yui è la modella più popolare del paese. Aki è una giovane promessa appena scovata da un talent scout... ed è destinata a sfondare. Può esistere l'amicizia tra due acerrime rivali?!

LE BIZZARRE AVVENTURE DI JOJO – VENTO AUREO
di Hirohiko Araki
(shonen, 10 voll., serie completa)
Jotaro Kujo ha spedito Koichi Hirose in missione in Italia perchè indaghi sul misterioso Haruno Shiobana. Quest'ultimo, infatti, potrebbe nascondere un passato a dir poco sconvolgente...

SETTEMBRE

LUNAR LEGEND TSUKIHIME di Type-Moon e Shonen Sasaki
(shonen, 10 voll., serie completa)
A causa di un grave incidente che risale all'infanzia, Tono Shiki vede attorno a sè delle misteriose linee. Seguendole, può tagliare un oggetto... o uccidere!

OBAKA-CHAN - SILLY LOVE TALKING di Zakuri Sato
(shojo, 7 voll., serie completa)
Neiro ha imparato a combattere da bambina. Riuscirà a gestire la sua incredibile forza (e i primi palpiti d'amore) una volta approdata nella nuova scuola?!

OTTOBRE

BLOODY MONDAY II - PANDORA'S BOX
di Ryou Ryumon & Kouji Megumi
(shonen, 8 voll., serie completa)
Due anni dopo gli eventi narrati
Giappone ha nuovamente bisogno d
di Fujimaru Takagi, a.k.a. Falcon, im

FULL SWING di Buronson e Daichi M
(shonen, 6 voll., serie completa)
La vita e lo sport sono i protagonisti d
raccolta di storie autoconclusive scritte dal creatore di *Ken il Guerriero*!

NOVEMBRE

DETECTIVE CONAN vs KAITO KID di Gosho Aoyama
(shonen, 2 voll., serie completa)
Per la gioia dei fan del maestro Aoyama, il piccolo grande Conan incontra uno dei suoi arcinemici, il funambolico ladro Kaito Kid!

1 GIUGNO

SHAMAN KING PERFECT EDITION 20
Hiroyuki Takei
€ 5,90

INUYASHA NEW EDITION 32
Rumiko Takahashi
NEVERLAND 254
€ 4,20

HYDE & CLOSER 7
Haro Aso
YOUNG 217
€ 4,20

BEELZEBUB 7
Ryuhei Tamura
DRAGON 168
€ 4,20

NODAME CANTABILE 22
Tomoko Ninomiya
UP 101
€ 4,20

7 GIUGNO

NUVOLE NERE 5
Lucarelli, Smocovich, Camoriano
€ 2,70

CARD CAPTOR SAKURA PERFECT EDITION 10
CLAMP
FAN 155
€ 5,90

Yuyumi Ono, Ryu Fujisaki
KAPPA EXTRA 163
€ 4,20

BUSTER KEEL! 6
Kenshiro Sakamoto
EXPRESS 153
€ 4,20

HEAT 4
Buronson, Ryoichi Ikegami
€ 7,50

THE WORLD GOD ONLY KNOWS 4
Tamiki Wakaki
WONDER 4
€ 4,20

BLA BLA BLA

STAR WORLD

Il *live-action* di ***Thermae Romae*** ha vinto il MyMovies Audience Award al Far East Film Festival, prestigioso evento interamente dedicato al cinema orientale!

La casa editrice Shogakukan ha annunciato un OVA crossover tra ***Detective Conan*** ed *Excalibur*, una delle apprezzate storie brevi del maestro Aoyama, incentrata sul tema del baseball.

Al contrario di quanto afferma la notizia diffusasi nel fandom internazionale, l'episodio di ***Claymore*** recentemente pubblicato in Giappone sul numero 6/2012 della rivista *Jump Square* di Shueisha non sarà l'ultimo, e la serie continuerà regolarmente. Nessuna conclusione in vista, dunque, per l'epica serie di Norihiro Yagi, il cui ventunesimo volume sarà disponibile in Italia a novembre 2012!

DRAGON BALL DAY 2012

22 luglio 2012
presso il parco Aquafan di Riccione!

Edizioni Star Comics, in collaborazione con Aquafan e Backstage, è lieta di presentare la quarta edizione del DRAGON BALL DAY, mitica e attesissima giornata celebrativa dedicata a Goku e compagni che, come tradizione vuole, torna a svolgersi nella splendida cornice del parco acquatico più famoso d'Europa. Durante la giornata avranno luogo tornei di videogame, card game, giochi in acqua e, soprattutto, tanto, tanto divertimento! Nel volume di *Dragon Ball* in uscita il 21 giugno troverete, all'interno di una pubblicità dedicata all'evento, un codice che vi permetterà di ottenere uno sconto speciale per l'ingresso al parco durante il giorno della manifestazione. Sul posto vi aspetteranno inoltre esclusivi gadget di *Dragon Ball* in omaggio. Non perdetevi questo fantastico appuntamento!

DOMANDE E RISPOSTE

Vuoi vedere pubblicate le tue domande?
Scrivi a info@starcomics.com

Rispondimi, Stella! Sono una fan accanita di *Detective Conan*, la mia serie preferita in assoluto (ma non l'unica che leggo!). Quando uscirà il prossimo volume? (Lucia da Livorno)

Cara Lucia, siamo felici che il piccolo Conan ti abbia conquistato... In effetti anche noi abbiamo un debole per lui! Per quanto riguarda la periodicità, i voll. 74 e 75 usciranno rispettivamente ad agosto e dicembre 2012, ma per ingannare l'attesa pubblicheremo a ottobre e novembre la speciale e "corposa" miniserie in due volumi *Detective Conan VS. Kaito Kid*: siamo certi che ti piacerà!

Vuoi discutere con altri appassionati di manga Star Comics? Entra nel forum di Nanoda all'indirizzo **http://www.nanoda.com/forum/manga/star-comics-official-thread-news-e-le-tue-domande-t5575.html**

14 GIUGNO

LAW 2
Caci, Salati, Bufi
€ 2,70

VINLAND SAGA 11
Makoto Yukimura
ACTION 224
€ 4,90

MAGI 5
Shinobu Ohtaka
STARLIGHT 235
€ 4,20

ANOTHER 4
Yukito Ayatsuji,
Hiro Kiyohara
SHOT 156
€ 4,90

TORIKO 3
Mitsutoshi Shimabukuro
GREATEST 149
€ 4,20

TO LOVE-RU 17
Kentaro Yabuki,
Saki Hasemi
TECHNO 217
€ 4,20

THERMAE ROMAE 4
Mari Yamazaki
MUST 18
€5,90

THE BREAKER 8
Jeon Keuk-jin, Park Jin-hwan
MANHWA 14
€ 5,50

21 GIUGNO

A CERTAIN MAGICAL INDEX 3
Kazuma Kamachi, Chuya
Kogino, Kiyotaka Haimura
MITICO 190
€ 4,30

BABIL II - THE RETURNER 1
Mitsuteru Yokoyama,
Takashi Noguci
STORIE DI KAPPA 205
€ 5,90

LOVE BEGINS 9
Kanan Minami
AMICI 176
€ 4,20

SWITCH GIRL!! 14
Natsumi Aida
TURN OVER 145
€ 3,90

MORYO'S BOX 2
Aki Shimizu,
Natsuhiko Kyogoku
GHOST 96
€ 5,90

DRAGON BALL
EVERGREEN EDITION 9
Akira Toriyama
€ 4,20

Makoto Yukimura
VINLAND SAGA
Nubi di tempesta offuscano i sogni...
VINLAND SAGA
Makoto Yukimura
ACTION 224 - VINLAND SAGA 11 - EDIZIONE ITALIANA - € 4,90
Star Comics
LE NAVI A FORMA DI DRAGO AVANZANO A GIUGNO SU ACTION!
VINLAND SAGA © Makoto Yukimura/KONDANSHA Ltd.
www.starcomics.com
EDIZIONI STAR COMICS

MASAKAZU KATSURA
M
PER UN PUBBLICO ADULTO
L'ATTESA
DEL PIACERE...
È ESSA STESSA
PIACERE?!
KATSURA
M
DAL MAESTRO
MASAKAZU KATSURA,
UN VOLUME STUZZICANTE IN
UNA PREGIATA EDIZIONE,
ESCLUSIVAMENTE
PER ADULTI!
NELLE MIGLIORI
FUMETTERIE!
M © 2002 by Masakazu Katsura/SHUEISHA Inc.
www.starcomics.com
EDIZIONI STAR COMICS

Chuya Koyama
UCHU KYODAI
FRATELLI NELLO SPAZIO
VINCITORE DEL KODANSHA MANGA AWARD 2011
2025: EPOPEA NELLO SPAZIO
NON PERDETEVI UNO DEI MANGA PIÙ COINVOLGENTI DEGLI ULTIMI ANNI!
Chuya Koyama
UCHU 1 KYODAI
FRATELLI NELLO SPAZIO
SULLE PAGINE DI MUST!
UCHU KYODAI
© Chuya Koyama/Kodansha Ltd.
www.starcomics.com
EDIZIONI STAR COMICS

A CERTAIN MAGICAL INDEX
KAZUMA KAMACHI
CHUYA KOGINO
A CERTAIN MAGICAL INDEX
A CERTAIN MAGICAL INDEX 3
Kazuma Kamachi Chuya Kogino
Star Comics
Autore originale:
Kazuma Kamachi
Disegni:
Chuya Kogino
Character Design: Kiyotaka Haimura
MITICO 190
A CERTAIN MAGICAL INDEX 3
MENSILE - GIUGNO 2012
EDIZIONE ITALIANA - € 4,30
LA VERITÀ... SARÀ MESSA ALL'INDICE?!
L'INSEGUIMENTO CONTINUA A GIUGNO SU MITICO!
TOARU MAJUTSU NO INDEX
© KAZUMA KAMACHI/ASCII MEDIA WORKS
© 2008 Chuya Kogino / SQUARE ENIX
EDIZIONI STAR COMICS
www.starcomics.com

NATSUHIKO KYOGOKU - AKI SHIMIZU
MORYO'S BOX
UN'AMICIZIA ETERNA... SUPERA ANCHE LA MORTE?
NATSUHIKO KYOGOKU
AKI SHIMIZU
MORYO'S BOX
SEGUITE LA SCIA DI SANGUE, A GIUGNO SU GHOST!
EDIZIONI STAR COMICS
MOURYO NO HAKO © Natsuhiko KYOGOKU 2008
www.starcomics.com

storia

YUKITO AYATSUJI

disegni

HIRO KIYOHARA

Staff

SACHIKO MASUDA

JUNKO YAMADA

TAKAHIRO TAKAGI

MASAMI HIGA

KOKI KATO

POST SCRIPTUM DELL'AUTORE DELL'OPERA ORIGINALE

La versione a fumetti di ***Another*** è stata pubblicata sulla rivista *Young Ace* dal maggio 2010 al gennaio 2012. Questo è l'ultimo dei quattro volumi in cui è stata suddivisa.
Hiro Kiyohara non solo ha realizzato disegni di grande delicatezza e fascino, ma ha anche saputo creare una splendida opera, personalizzandola con spunti e arrangiamenti propri.
Durante la pubblicazione del fumetto, visionare di volta in volta le bozze è stato, per me, fonte di grande emozione.
Mi ha colpito soprattutto il modo in cui è stato ampliato il ruolo del personaggio di Izumi Akazawa, che nel romanzo originale occupava un posto decisamente più marginale. Inoltre, anche il climax finale è stato oggetto di una revisione che ha permesso sviluppi molto interessanti e svincolati dalla forma originaria.
Certe critiche, secondo cui le immagini non abbiano la stessa dignità del testo stampato, sono state messe definitivamente a tacere grazie alla tecnica sopraffina espressa in questo fumetto.
Considerato tutto ciò, ritengo che questa versione di ***Another*** sia, senza esagerazioni, un capolavoro.
Kiyohara, le faccio davvero i miei complimenti e colgo anche l'occasione per ringraziare tutti i lettori che ci hanno seguito fino alla fine.
Oltre al romanzo da cui è tratta questa storia, esiste anche una versione animata che sarà trasmessa a breve, e un'edizione cinematografica in programmazione per l'anno prossimo. Mi auguro che apprezzerete tutte le varie forme di ***Another***.

Yukito Ayatsuji
dicembre 2011

POST SCRIPTUM

Sono Hiro Kiyohara. Mi è stata affidata la realizzazione del manga di ***Another***.
In origine si era parlato di due volumi, ma visto che si trattava di un'opera così interessante, ho chiesto di poterla sviluppare con più calma. Per fortuna le mie richieste sono state accolte ed è stato possibile racchiuderla in quattro volumi. Come vi è sembrato il risultato finale?
Sono stata davvero felice e onorata di avere la possibilità di disegnare un'opera che affronta tematiche a me tanto care.
Sono grata a tutti i lettori che mi hanno seguito fino alla fine.

Grazie
Hiro Kiyohara

the end of story...

DIIIN
DAAN
DOON
DOON
DOOOON
DAAAN
FINE

DIIIN
VOON
DAAAAN
CHI È IL MORTO?
CHI È IL MORTO?
VOON

SÌ...
VERRÒ.
DAAAN
DOON

UN GIORNO PERCHÈ NON VIENI A TOKYO A FARE UN GIRO NEI MUSEI D'ARTE?
IO PENSAVO DI STUDIARE ARTE ALL'UNIVERSITÀ...
PERCIÒ...

SEN-TI...
...MI-SAKI...

NON SAPREI...
E` STRANO MA...
ALMENO PER QUESTI QUATTRO BREVI MESI...
...HA CONTINUATO A ESISTERE IN QUESTA CITTA`.
DISTINGUERE IL BELLO DAL BRUTTO.
E` IMPORTANTE, NO?
ANCHE SE SOSPESA. NE` VIVA, NE` MORTA.

TU NON VUOI DIMENTI-CARTENE?
VUOI RICOR-DARTI TUT-TO...
...PER SEMPRE?

ME LA SONO PORTATA DIETRO PERCHE` VOLEVO DARTELA.
E` LA FOTOGRAFIA DI QUEL GIORNO, CE L'AVEVA MOCHIZUKI...
1998.8.8
C'E` REIKO.
GIÀ.
ANCHE SE GIÀ ADESSO SEMBRAVA CHE MOCHIZUKI NON RIUSCISSE PIU` A VEDERLA...
FORSE ANCHE NOI, NEI PROSSIMI MESI...
...CE NE DIMENTICHEREMO PIAN PIANO...
PUO` DARSI...

...ANCHE SE IO ANCORA NON RIESCO A RICORDARLI DEL TUTTO...
I FATTI SONO QUESTI...
LE PERSONE MORTE CON LA "SVENTURA" DI DUE ANNI FA SONO STATE OTTO, NON SETTE.
I RICORDI DI TUTTI ADESSO SONO GIUSTI...
...COME LA MAGGIORANZA DEI DOCUMENTI E DEI DATI...
...FORSE TUTTI.
ANCHE DAI REGISTRI DI CLASSE DEV'ESSERE SPARITA L'ANNOTAZIONE "VICE COORDINATORE: REIKO MIKAMI".
E IL CLUB DI ARTE...?
DOPO LA MORTE DELLA PROFESSORESSA MIKAMI, L'INSEGNANTE CORRESPONSABILE L'ANNO SUCCESSIVO È STATO TRASFERITO.
IL NUOVO PROFESSORE DI ARTE HA RIFIUTATO IL RUOLO E COSÌ LE ATTIVITÀ DEL CLUB SONO STATE SOSPESE.
PERÒ QUELLO STESSO PROFESSORE PARE ABBIA DETTO ANCHE CHE DA QUESTA PRIMAVERA ASSUMERÀ IL RUOLO DI RESPONSABILE...
AH.
GIÀ, QUESTA...

LA PROFESSORESSA MIKAMI...
...È MORTA DAVVERO NELL'AUTUNNO DI DUE ANNI FA.
AL TERMINE DELLE VACANZE ESTIVE LO STUDENTE DI NOME SAKUMA HA RINUNCIATO AL SUO RUOLO DI "PERSONA CHE NON ESISTE".
È RICOMINCIATO A OTTOBRE. UNO STUDENTE È MORTO...
...E DOPO DI LUI È TOCCATO ALLA PROFESSORESSA MIKAMI.
VERSO LA FINE DEL MESE IL FIUME SI ERA INGROSSATO PER LE PIOGGE ABBONDANTI E UN GIORNO...
...HANNO RITROVATO A VALLE IL CORPO DELLA PROFESSORESSA.
NON SI SA SE...
...SI SIA TRATTATO DI UN INCIDENTE O SE SI SIA GETTATA DI PROPOSITO.

MISA-KI...
HO CHIESTO A CASA TUA E MI HANNO DETTO CHE ERI VENU-TO QUI...
LASCIA CHE BRUCI ANCH'IO DELL'INCENSO PER LEI.

家之墓

DICEVA, "SE YOSUKE SI DIMOSTRERÀ UN CATTIVO PADRE"...
..."LO CRESCERÒ IO"...
ANCHE SE TI AVEVA VISTO SOLO QUALCHE VOLTA QUANDO ERI PICCOLO.
PLIC

REI-
KO...
...ERA
FATTA
COSÌ.
PER
LEI ERA
COME SE TU
FOSSI SUO
FIGLIO.

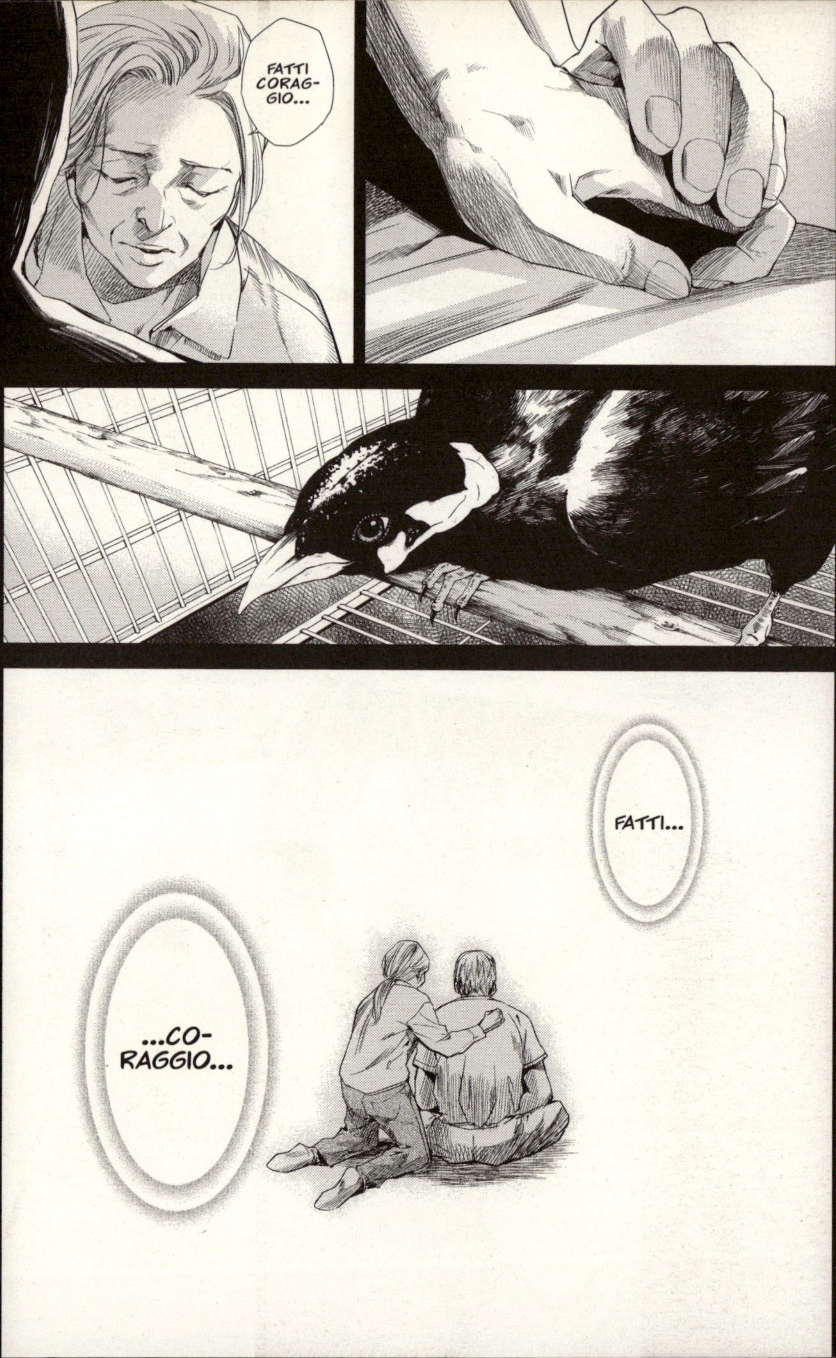
FATTI CORAG-GIO...
FATTI...
...CO-RAGGIO...

PER-CHE`...
RITSU-KO.
E ANCHE TU, REIKO...
PER-CHE` SEI MORTA, REIKO...?
PER-CHE`...?!
PER-CHE`...?!

三神怜子 享年二十
REIKO MIKAMI
RE-CHAN?
GIÀ...
DOPO CHE REIKO È MORTA...
...IL NONNO L'HA COMPRATO IN UN NEGOZIO DI ANIMALI.
PERCIÒ LO ABBIAMO CHIAMATO COSÌ...
IL NONNO...
RE-CHAN DAL SOPRANNOME DELLA SUA DEFUNTA FIGLIA REIKO.
PERCHÈ?
FORSE QUESTA PAROLA...
PERCHÈ?

ORMAI TUTTI HANNO DIMENTICATO...
...L'ESISTENZA DI UNA PROFESSORESSA DI ARTE DI NOME REIKO MIKAMI...
...CHE DA QUESTO APRILE ERA LA VICE COORDINATRICE DELLA 3ª C.
FAMIGLIA MIKAMI
TUTTI TRANNE ME E MEI, PARTECIPI, IN QUALCHE MODO, DELLA SUA MORTE.
三神家之墓
無阿弥陀佛
TUTTI...!

C...
...CIAO, AKA-ZAWA.
AH, TI SEI TAGLIATA I CAPELLI...?
PFF...
EH?!
HO DETTO QUALCOSA CHE NON VA?
MA COSA SIGNIFICA "TI SEI TAGLIATA I CAPELLI"?
NON TI PARE?
COME TI PERMETTI? E IO CHE SONO VENUTO A TROVARTI!
LI HO TAGLIATI PERCHE` SI ERANO BRUCIATI!
EHI, ANDIAMO PRIMA DA SAKAKI-BARA!

AH.
EHI, ASPE... EHI...!
NON SPIN-GERE!
UH.
STONK
AH...

LA "SVENTURA" DI QUEST'ANNO...
...ORMAI È FINITA.
ORMAI...
IZUMI AKAZAWA

COSÌ MI SONO IMBATTUTO IN STRANE DICERIE...
...“LA MALEDIZIONE DELLA 3ª C”!...
ANCHE TU DEVI AVERNE SENTITO PARLARE, VERO, SAKAKIBARA...?
PUR SEMBRANDOMI UN'ASSURDITÀ, HO VOLUTO APPROFONDIRE...
...E HO SCOPERTO CHE IN PASSATO...
...CI SONO STATI IN EFFETTI ANNI IN CUI SONO MORTI MOLTI STUDENTI E PERSONE CHE AVEVANO UN LEGAME PARTICOLARE CON QUELLA CLASSE.
AH, BE'...
...NON CHE IO POSSA FARE QUALCOSA PER RISOLVERE QUESTO PROBLEMA...
SE NE PARLASSI CON I MIEI COLLEGHI O CON I MIEI SUPERIORI NON FAREI ALTRO CHE FARMI RIDERE DIETRO.
LA “SVENTURA”!...
EH?

QUALCUN ALTRO...
...È MORTO IN QUELL'INCENDIO?
NO.
NE SONO CERTO.
...
AH, DAVVERO?
VEDI, NON CI SONO I PRESUPPOSTI PER UN'INDAGINE VERA E PROPRIA, PERCIÒ...
...NON SONO ALLA RICERCA DI UNA PISTA O DI UN COLLEGAMENTO, PERÒ...
...PER CURIOSITÀ HO FATTO QUALCHE DOMANDA IN GIRO.
CHIAMIAMOLA DEFORMAZIONE PROFESSIONALE.

MANABU MAEJIMA.
SHIGEKI YONEMUSA.
TAKAKO SUGIURA.
JUNTA NAKAO.
SONO TUTTI MORTI CARBONIZZATI A CAUSA DELL'INCENDIO APPICCATO DAL FULMINE...
LA MORTE ACCIDENTALE DI SANAE MIZUNO IN GIUGNO...
E ANCOR PRIMA, QUELLE QUASI CONTEMPORANEE DI YUKARI SAKURAGI A SCUOLA E DI SUA MADRE IN UN INCIDENTE STRADALE...
UN ALTRO STUDENTE DI NOME TAKABAYASHI, PER MALATTIA...
POI IL SUICIDIO DEL COORDINATORE DI CLASSE E DEL FRATELLO DELLA TUA COMPAGNA AKAZAWA...
IN COSÌ POCO TEMPO HANNO PERSO LA VITA MOLTISSIME PERSONE CHE AVEVANO A CHE FARE CON LA TUA CLASSE...
È IMPOSSIBILE NON NOTARLO.
NON CREDI...?
CE NE SONO ALTRI?

DEV'ESSERE STATA DURA PER TE.
ESSERE OPERATO SUBITO DOPO UN INCIDENTE DEL GENERE...
NON RICORDO BENE...
...COME SONO STATO PORTATO QUI.
SUBITO DOPO L'INCENDIO HO AVUTO UN ALTRO PNEUMOTORACE...
E QUINDI MI HANNO OPERATO PER EVITARE UNA RICADUTA.
POTRÒ ESSERE DIMESSO GIÀ LA PROSSIMA SETTIMANA.
FINO ALL'ALBA DEL 9 AGOSTO...
...I POMPIERI HANNO CERCATO DI SPEGNERE L'INCENDIO, MA INVANO. IL "MEMORIALE SAKITANI" È STATO QUASI COMPLETAMENTE DISTRUTTO.
SUL POSTO SONO STATI RITROVATI ALCUNI CORPI SENZA VITA.

CAPITOLO FINALE
AGENTE OOBA...
GIUSTO?
DEL COMMISSARIATO DI YOMIYAMA.
TI RICORDI IL MIO NOME?
SONO LUSINGATO...

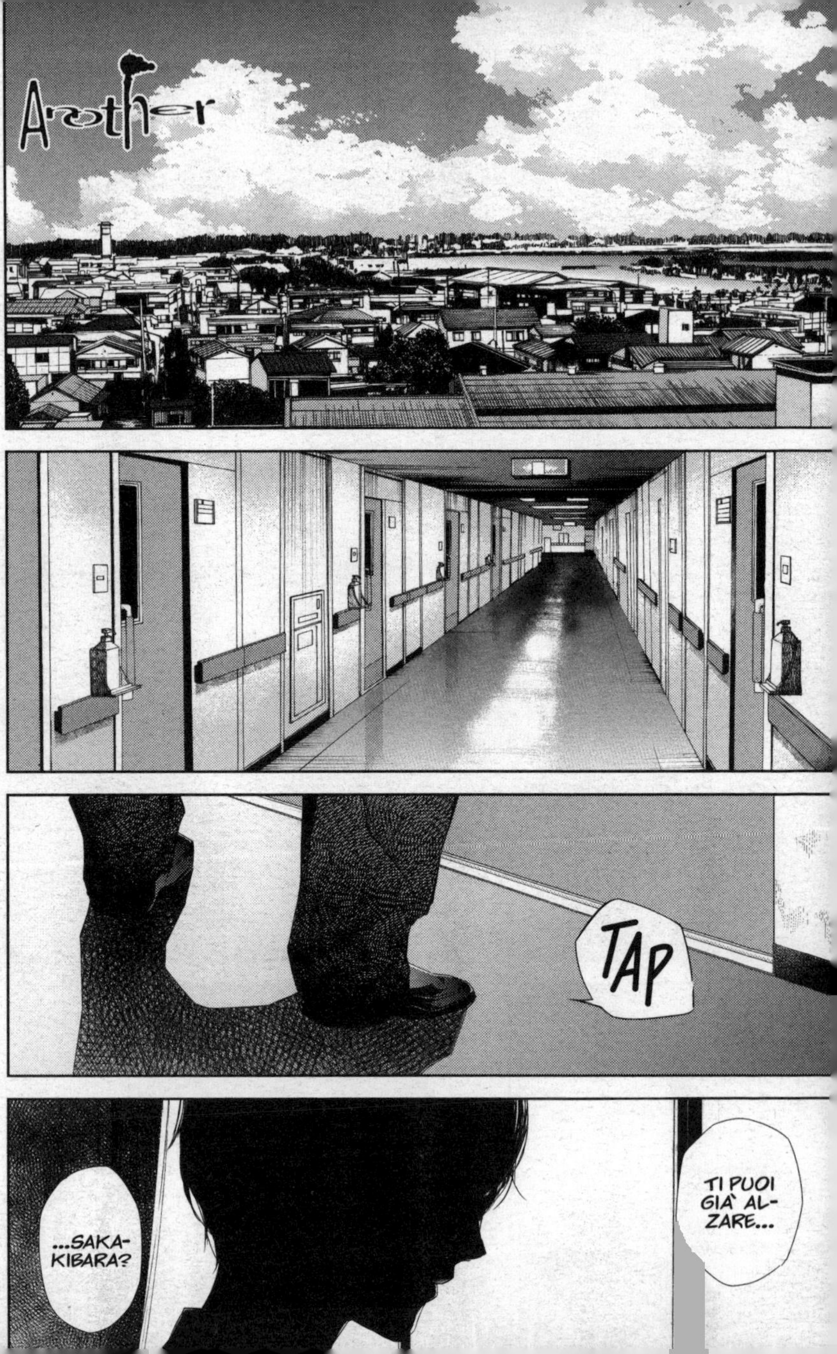
Another
TAP
TI PUOI GIÀ AL-ZARE...
...SAKA-KIBARA?

...ADDIO, MAMMA.
fine CAPITOLO DICIANNOVESIMO

AD-
DIO...
...REI-
KO.

REIKO.

IO CREDO IN LEI.
...LE CREDO.
O FORSE...
...LE VOGLIO CREDERE.
MI STA BENE LO STESSO.
HO VISTO MIA MADRE SOLO IN FOTOGRAFIA, E ORA LA SUA IMMAGINE SI SOVRAPPONE A QUELLA DI REIKO...
...LA PERSONA CHE PROBABILMENTE MI HA AMATO...
...FIN DA QUANDO ERO BAMBINO.
VA BENE...

CREDI IN ME...
NON HO SENTITO LA SUA VOCE...
...MA HO LETTO IL MOVIMENTO DELLE SUE LABBRA.
IO...
...IO...

SEI DAVVERO SICURO DI QUELLO CHE STAI FACENDO?
KOICHI.
ASPET-TA.
CHE COSA...
E SE NON FOSSE LEI IL "MORTO"...

LO SO.
LO SO...
SAKAKI-BARA...

NO...
NON DEVI.
LO SAI...
SE CONTINUA COSÌ...
...ANCHE TU...
...E TUTTI GLI ALTRI...
LO SO.

C...
...CHE COSA STATE DICENDO?
NON E` COSÌ.
KOICHI.
IO NON...
SAKAKIBARA...
SPOSTATI...
...DA LÌ.
STRUSH

IL CLUB DI ARTE L'ANNO DOPO FU SOSPESO.
ANCHE SE MI SONO REISCRITTO AL TERZO ANNO.
IL MOTIVO PER CUI IL CLUB DI ARTE E' RIMASTO CHIUSO FINO ALLA PRIMAVERA DI QUEST'ANNO...
...E' PERCHE' LA DOCENTE RESPONSABILE E' VENUTA A MANCARE...
E POI, QUANDO LA "SVENTURA" E' INIZIATA, IN APRILE...
...IL NUMERO DI BANCHI NELL'AULA ERA SUFFICIENTE...
FORSE QUELLE CHE NON BASTAVANO ERANO LE CATTEDRE...?

BASTA.
E` TEMPO DI FINIRLA CON I FUNERALI.
...E` STATA IL FUNERALE DI REIKO?
LA RAGIONE PER CUI SONO VENUTO A YOMIYAMA NELL'AUTUNNO DI DUE ANNI FA...
POVERA RITSUKO...
POVERE RITSUKO E REIKO...

SONO SICURA CHE LA PROFESSORESSA MIKAMI SIA MORTA DUE ANNI FA, QUANDO E` STATA COORDINATRICE DELLA SEZIONE C...
...QUANDO QUEL FAMOSO STUDENTE HA RINUNCIATO AL RUOLO DI "PERSONA CHE NON ESISTE" E...
...LA "SVENTURA" E` COMINCIATA.
QUELLA VOLTA IN CUI HO PARLATO AL TELEFONO CON MIO PADRE IN INDIA...
COMUNQUE, KOICHI...
COME TI E` SEMBRATA YOMIYAMA DOPO UN ANNO E MEZZO...?
ALLORA L'AUTUNNO DI DUE ANNI FA ERO VENUTO A YOMIYAMA...?
NO...
NON PUO` ESSERE...

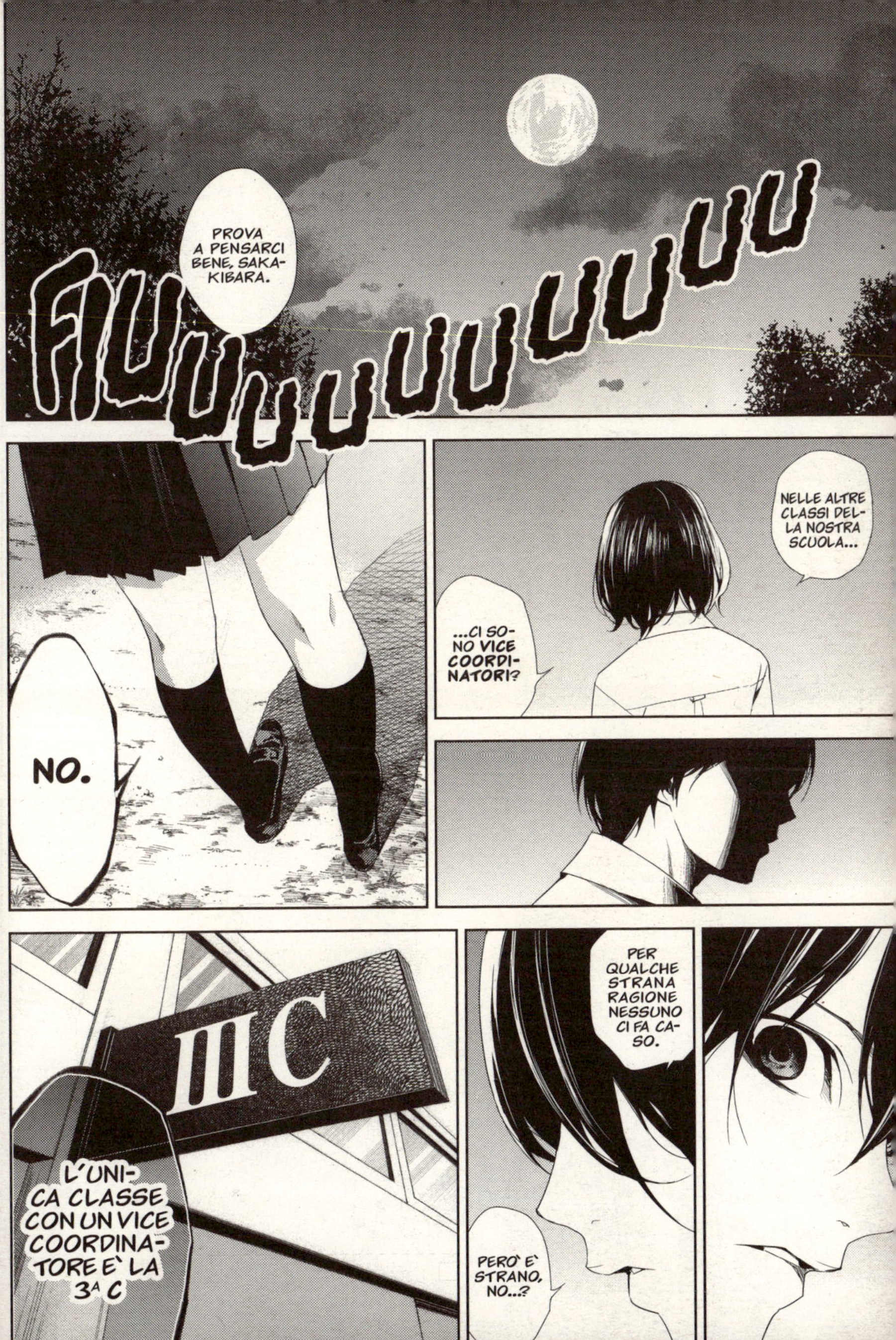

PROVA A PENSARCI BENE, SAKAKIBARA.
FIUUUUUUUUUUUU
NELLE ALTRE CLASSI DELLA NOSTRA SCUOLA...
...CI SONO VICE COORDINATORI?
NO.
PER QUALCHE STRANA RAGIONE NESSUNO CI FA CASO.
III C
L'UNICA CLASSE CON UN VICE COORDINATORE E' LA 3ª C
PERO' E' STRANO, NO...?

...RAGAZZI, MI RACCOMANDO, RISPETTATE LE DECISIONI DELLA CLASSE.
ANCHE LA PROFESSORESSA MIKAMI, PUR TROVANDOSI IN UNA DIFFICILE POSIZIONE...
SI RIFERIVA NATURALMENTE AL FATTO CHE...
...VIVE INSIEME A ME, MA...
...A SCUOLA DOVEVI TRATTARMI COME "PERSONA CHE NON ESISTE".
DOPO ESSERSI LAUREATA ALLA SCUOLA D'ARTE, REIKO DIVENNE INSEGNANTE PRESSO LA SUA VECCHIA SCUOLA MEDIA.
COME MAI HA TRASFORMATO LA CAMERA DEGLI OSPITI NEL SUO STUDIO?
VORREBBE CHE LA PITTURA DIVENTASSE IL SUO LAVORO.
LA RAGIONE PER CUI È VENUTO A CASA MIA...
ERO UN PO' PREOCCUPATO...
DI SICURO VOLEVA SAPERE COME STAVA LA PROFESSORESSA MIKAMI, CIOÈ REIKO, VISTO CHE PROPRIO QUEL GIORNO NON ERA VENUTA A SCUOLA.
RIGUARDO A MEI, POI...
...LA RAGIONE PER CUI NON RIUSCIVO A ESSERE ESPLICITO RIGUARDO AI MIEI DUBBI E ALLA SENSAZIONE DI ESTRANEITÀ CHE PROVAVO A SCUOLA...
...DERIVAVA DAL FATTO CHE NON SAPEVO COME MISURARE IL DISTACCO CHE DOVEVO MANTENERE CON REIKO.

A SCUOLA DEVI ASSOLUTAMENTE CHIAMARMI PROFESSORESSA MIKAMI!
SONO STATA CHIARA?
SAREBBE QUESTA LA QUARTA "REGOLA"...
...DI PREPARAZIONE ALLA YOMIYAMA NORD? SUL SERIO?
GIÀ.
HO CAPITO.
PERÒ CHE COINCIDENZA...
...CHE SIA PROPRIO TU LA VICE COORDINATRICE DELLA CLASSE IN CUI MI HANNO TRASFERITO...
A SCUOLA NON CHIAMARMI "REIKO" NEANCHE PER SBAGLIO.
E OVVIAMENTE IO NON TI CHIAMERÒ MAI "KOICHI"...
MIA ZIA, REIKO MIKAMI...
...DI UNDICI ANNI PIÙ GIOVANE DI MIA MADRE, RITSUKO (COGNOME DA NUBILE: MIKAMI), MORTA QUINDICI ANNI FA.
CI TENGO A DISTINGUERE LA VITA PUBBLICA DA QUELLA PRIVATA.

REIKO È LA "PERSONA IN PIÙ"?

LA PROFES-SORESSA MIKAMI...?

NON E' POSSI-BILE...
SUL SERIO?
SUL SERIO È...

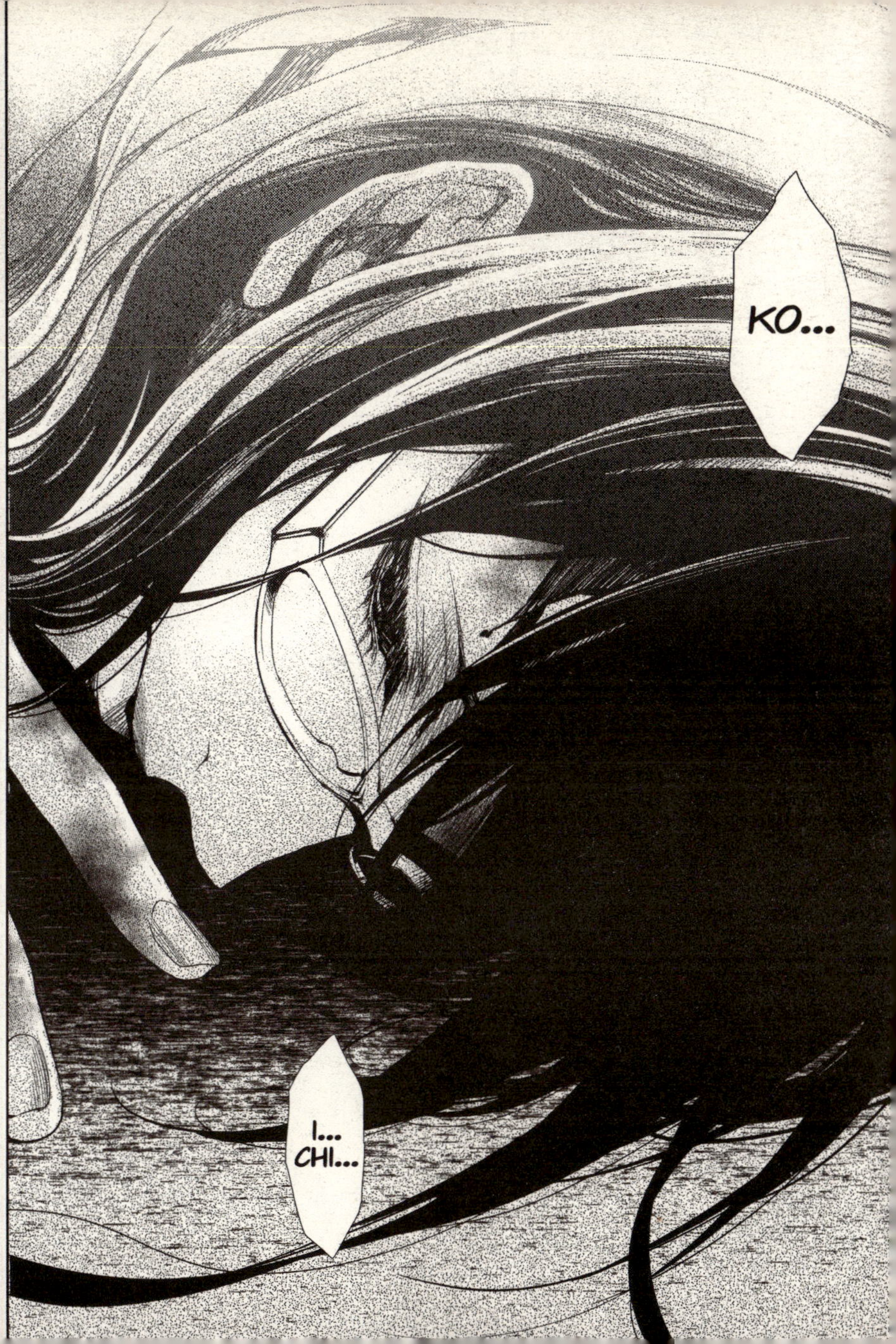
KO...
I... CHI...

LA "PERSONA IN PIU`"...
CHI E`...?
...
AAAH...

UH...
FRUSH
FRUSH

NON IMMAGINAVO CHE QUESTA NOTTE POTESSE SUCCEDERE QUALCOSA DI TANTO TERRIBILE.
DI SICURO DEVONO ESSERE RIMASTI FERITI IN MOLTI...
FORSE QUALCUNO E` ANCHE MORTO...
PER LA "SVENTURA" E LA PAURA DELLA MORTE...
...SONO DIVENTATI TUTTI STRANI.
GIÀ...
DEVO FERMARLA...
ALTRIMENTI...

IL COLORE...
HO VISTO IL COLORE DELLA MORTE.
...
L'HAI... ...CAPITO ADESSO?
NO, GIÀ DA PRIMA...
LO SAPEVO, MA NON POTEVO DIRLO.
PERÒ...
...QUANDO HO ASCOLTATO QUELLA CASSETTA HO PENSATO...
..."DEVO FERMARLA"!

PER-
CIÒ...
...NON
DOBBIA-
MO...
...AIUTARLA.

QUELLA È LA "PERSONA IN PIÙ"!

MISAKI... COSA TI È SUCCESSO ALL'OCCHIO SINISTRO?
E PERCHÈ HAI...
...UN PICCONE?
STO BENE.
PIUTTOSTO...
...IL FULMINE, NELL'IMPATTO, HA FATTO CADERE DELLE ASSI.
UNA PERSONA È RIMASTA INCASTRATA...
UNA PERSONA? C'È QUALCUNO SOTTO LE MACERIE?!
DOBBIAMO TIRARLA FUORI.
NO.

MISAKI!
SAKAKI-BARA...

CRACKLE
CRACKLE

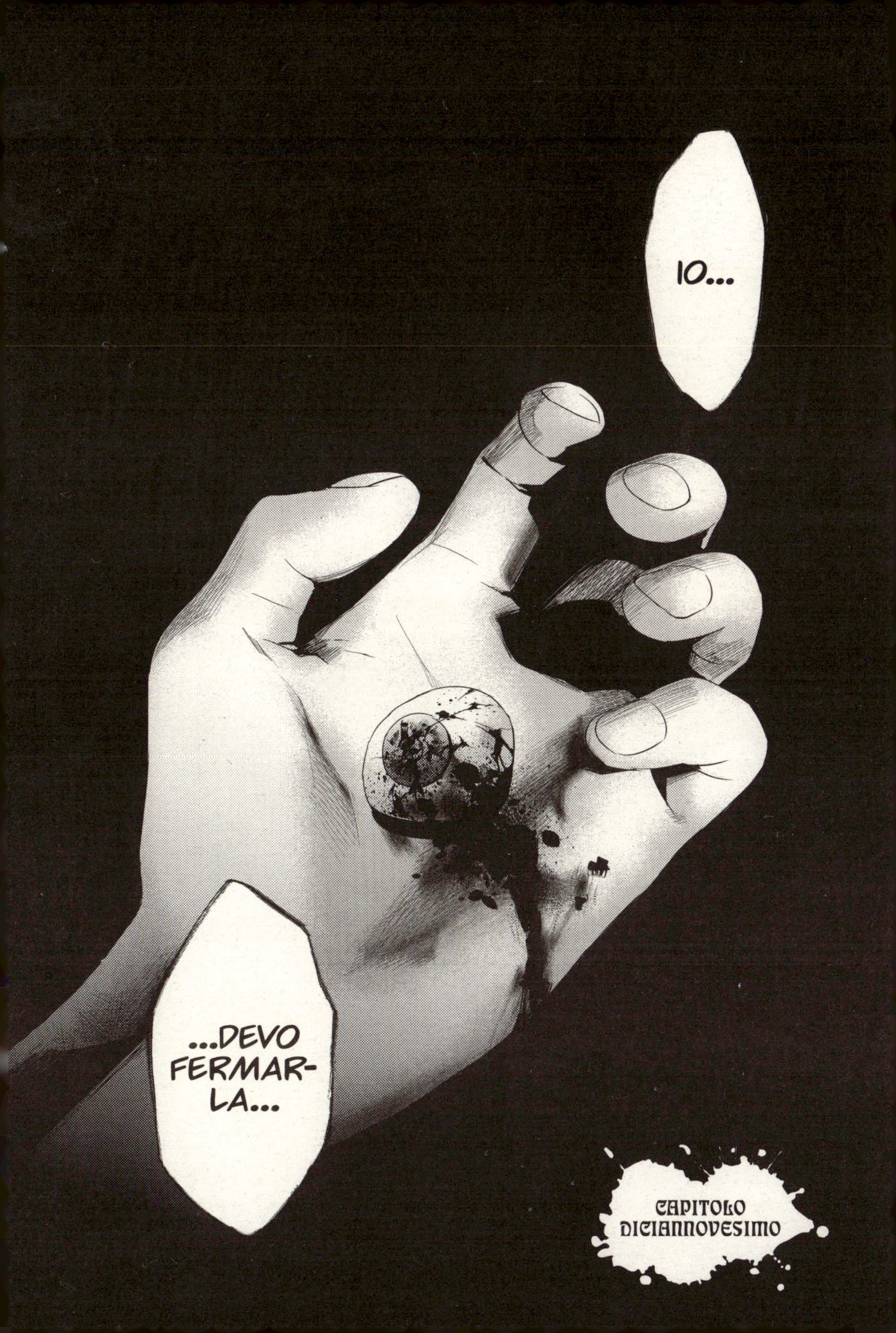
IO...
...DEVO FERMARLA...
CAPITOLO DICIANNOVESIMO

SAKAKI-BARA...?
!
PER FORTU-NA STAI BENE! DOVE SEI?
NEL GIARDI-NO SUL RETRO.
MA ANCORA NON POS-SO MUO-VERMI.
ARRIVO SUBITO!
MEGLIO DI NO...
E` ME-GLIO DI NO, SAKAKI-BARA...
TE NE PENTI-RESTI.
ALLO-RA...
...IO...

MISAKI!
fine
CAPITOLO
DICIOTTESIMO

ANF
WOOOO
VRRRR
ANF
VRRRR
ACCIDENTI, FINALMENTE IL TELEFONO FUNZIONA E...
VRRRR
MISAKI...
OOOOSH
VRRRR
WOO
DOVE SEI?
VRRRR
RISPON-
DI...
VRRRR

YUKA-
RI...
FRATEL-
LO...
WOO OO OSH

AH...
ASPE...
...
...
NON SONO IL "MORTO"...
MA...
...NEMMENO TU...
...LO SEI.
SEI VIVA...

TI SEI RIPRESA...?
SEMBRA CHE IL FULMINE DI PRIMA ABBIA COLPITO L'EDIFICIO...
È MEGLIO SCAPPARE...
...SE NON VUOI DIVENTARE IL "MORTO DI AGOSTO" DIVORATO DALLE FIAMME.
...
QUELL'OCCHIO...
IO VADO...
DEVO FARE UNA COSA.

!
SBA
AM
EHI!
UH...
FATTI FORZA!
SEI SALVA.
CI SEI RIMASTA SOLO TU QUI DENTRO...
STRINGITI FORTE A ME.
...MISAKI...?

NON CI CREDO...
ANCHE QUESTA È OPERA DELLA "SVENTURA"?
MISAKI NON C'È...
NON SARÀ ANCORA DENTRO...?
AH... EHI, SAKAKI!
...
NON MORIRE...
WOOOSH
BWHOM

WOOOOOSH

WHOOSH

EHI, COS'È STATO...?
RUMBLE
VENIVA DAL MEMORIALE...
NON SARÀ...
SHAA AA
SBRIGHIAMOCI!
SHAA

BOOOM
AH...
!
RUMBLE RUMBLE

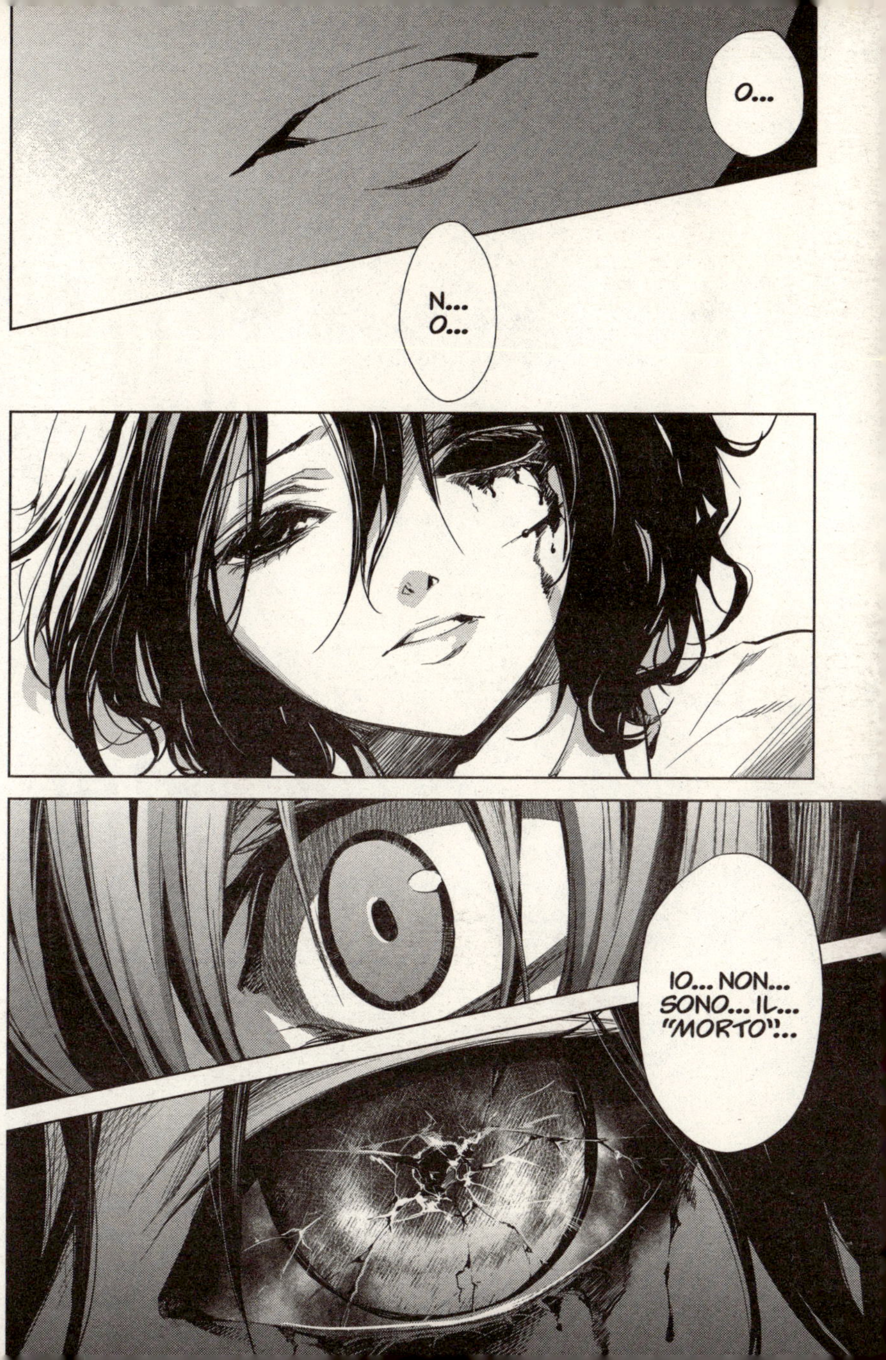
O...
N...
O...
IO... NON...
SONO... IL...
"MORTO"...

SONO SALVA.
AH AH AH AH AH AH AH AH!
NON DOVRÒ PIÙ MORIRE.
IH IH IH IH!
LEI È LA PIÙ SOSPETTA.
SICURAMENTE IO NON SONO IL "MORTO"!
AH AH AH AH AH AH AH!
ADESSO SONO SALVA.
COSÌ...
O...

RUMBLE
RUMBLE
UH...
UH UH...
UH UH UH...
AAAH!
AH AHAH AH AH AH!

IO...
...NON SONO UNA BAMBOLA.
SONO UNA PERSONA!
COME TE.
NON SONO UNA BAMBOLA
IO NON VOGLIO MORIRE...
IO NON SONO IL "MORTO"!

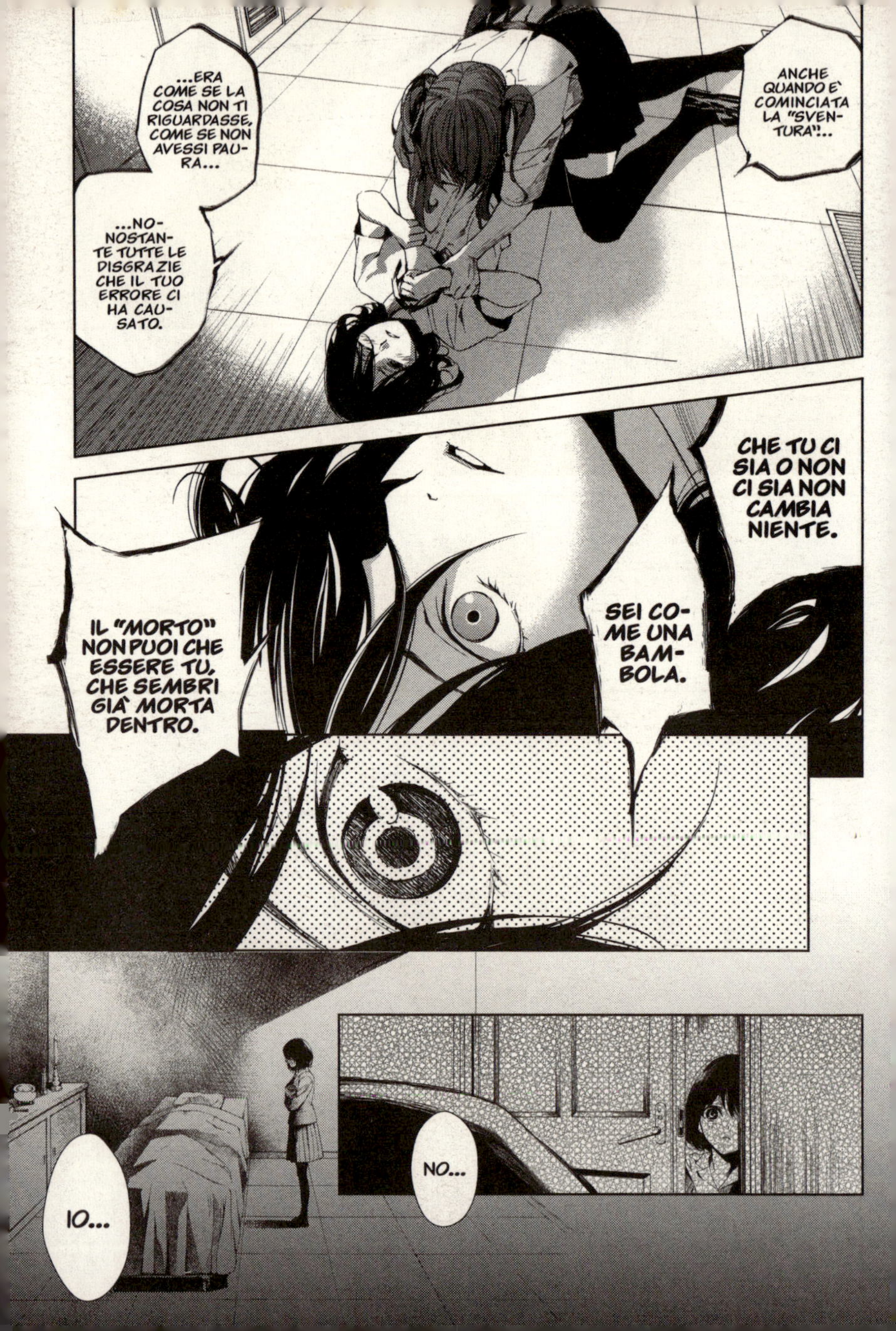
ANCHE QUANDO È COMINCIATA LA "SVENTURA"...
...ERA COME SE LA COSA NON TI RIGUARDASSE, COME SE NON AVESSI PAURA...
...NONOSTANTE TUTTE LE DISGRAZIE CHE IL TUO ERRORE CI HA CAUSATO.
CHE TU CI SIA O NON CI SIA NON CAMBIA NIENTE.
SEI COME UNA BAMBOLA.
IL "MORTO" NON PUOI CHE ESSERE TU, CHE SEMBRI GIÀ MORTA DENTRO.
NO...
IO...

SE DICESSI CHE NON VOGLIO...
...CAMBIERESTE IDEA?
...
ECCO...
...
LO SAPEVO.
HO CAPITO...
LO FARÒ.
HO SEMPRE ODIATO QUESTO TUO ATTEGGIAMENTO!
SEMPRE CALMA, QUALSIASI COSA ACCADESSE!
OGNI GIORNO TE NE STAVI SOLA IN UN ANGOLO DELL'AULA...
...SENZA AMICI!
E CONTINUAVI SEMPRE A COMPORTARTI COME SE NON TE NE IMPORTASSE NULLA...!

HAI AMMAZZATO TUTTI!
SE MORIRAI GLI ALTRI SI SALVERANNO!
È DA APRILE DI QUEST'ANNO, DA QUANDO SIAMO IN CLASSE INSIEME...
...CHE NON TI SOPPORTO.
DA QUANDO SEI STATA SCELTA COME "PERSONA CHE NON ESISTE"...
MISAKI.
CAPISCO CHE DEVE SEMBRARTI UNA GROSSA INGIUSTIZIA...
...E SO CHE SARÀ DURA PER TE, MA...
...
...LO FARAI?
CI AIUTERAI...?

...
IO NON SONO IL "MORTO"!
NON SONO LA "PERSONA IN PIU'"!
STA' ZITTA!
ZITTA! ZITTA! ZITTA! ZITTA! ZITTA!
SEI TU, SEI TU!

È COSÌ, NO...?
VERO?
LA CUCINA È UN OTTIMO POSTO...!
CI SONO UN SACCO DI ARNESI...

!
STHUMP
SE UCCIDERÒ TE, CHE SEI LA PIÙ SO-SPETTA...
...CI SO-NO OTTIME PROBABILITÀ CHE TUTTI SI SALVINO...
NON CREDI?

...HO PENSA-TO...
SZOO OCK

ANCHE IO SO COME SI FERMA LA "SVENTURA".
ERO CURIOSA...
...E DOPO CENA HO PROVATO A CHIEDERE A TESHIGA-WARA.
MI HA DETTO TUTTO.
BISOGNA UCCIDERE LA "PERSO-NA IN PIÙ" MISCHIA-TA NELLA CLASSE.
COSÌ LA "SVENTURA" SI FERMA.
PER-CIÒ...

FSHASH
AKA-ZAWA.
SE È PER LE SCUSE DI PRIMA, IO...
LE SCU-SE?
AH, GIÀ...
ORMAI NON MI INTERESSANO PIÙ.
L'HO SCOPER-TO...!

SHAAAAA
PER QUALE RAGIONE...
...MI HAI PORTATO IN UN POSTO DEL GENERE?

LA PIOGGIA E` AUMENTATA...
DOBBIAMO TORNARE INDIETRO IN FRETTA.
"NON E` KAZAMI!"
SECONDO L'"OCCHIO DELLA BAMBOLA"...
...LA "PERSONA IN PIU`" NON E` KAZAMI, MA QUALCUN ALTRO...
ALLORA IL "MORTO"...
...LA "PERSONA IN PIU`" CHE SI E` MISCHIATA ALLA SEZIONE C DI QUEST'ANNO...
...CHI DIAVOLO E`?

KAZAMI.
EHI!
UH...
URRÀ! È VIVO!
SEMBRA CHE NON ABBIA FERITE GRAVI ALLA TESTA.
PERÒ DOBBIAMO MEDICARLO IN FRETTA...
AIUTAMI A TRASPORTARLO, TESHIGAWARA.
AAAH...
PER FORTUNA...
...SEI ANCORA...
...VIVO.

MALEDIZIONE.
PERCHÉ L'HO FATTO...
TESHIGAWARA HA FRAINTESO.
IL "MORTO" È UN ESSERE CHE TORNA IN VITA SENZA SAPERE DI ESSERE GIÀ "MORTO".
È REALE IN TUTTO E PER TUTTO.
IL FATTO CHE NON SI RICORDI DELLA SUA INFANZIA NON VUOL DIRE NULLA.
ECCOLO!
È LAGGIÙ.
SHAAAA
PROVIAMO A SCENDERE.
SHAAA

PRIMA HO PROVATO A FARGLI DELLE DOMANDE...
GLI HO CHIESTO SE SI RICORDAVA DELLA BASE SEGRETA VICINO AL FIUME DOVE GIOCAVAMO IN TERZA ELEMENTARE...
DI QUANDO, IN QUINTA...
...ABBIAMO DECISO DI ANDARE AL MARE IN BICICLETTA...
...E ALLA FINE ABBIAMO CAMBIATO IDEA APPENA USCITI DALLA CITTÀ.
LUI HA DETTO CHE NON SI RICORDAVA...
PERCIÒ...

SAKAKI-
BARA.
NON È
KAZAMI.
SAKA-
KI...?
A...
...AR-
RIVO...

FORSE NON E` MORTO.
IM-MAGINO CHE TU NON ABBIA CONTROLLATO DA VICINO, NO?
SE SI TRATTA DAVVERO DI UN PRECIPIZIO POCO PROFONDO, NON E` DETTO CHE CADENDO SIA MORTO.
PUO` DARSI CHE ABBIA SOLTANTO PERSO CONOSCEN-ZA E RESPIRI ANCORA.
HA RA-GIONE.
INTANTO DOBBIAMO CONTROL-LARE...
TESHI-GAWARA, ANDIAMO DOVE HAI LASCIATO KAZAMI!
SE RESPI-RA ANCORA, DOBBIAMO CURARLO SUBITO.
TU ASPET-TA QUI, MISAKI!

E ALLORA L'HAI UCCISO...?
L'HO CHIAMATO FUORI E HO COMINCIATO A FARGLI DELLE DOMANDE.
GLI HO DETTO CHE LUI NON ERA DAVVERO KAZAMI...
...E LUI SI È IMPROVVISAMENTE ARRABBIATO...
SUL SERIO?
QUINDI ABBIAMO INIZIATO A LITIGARE.
NELL'AGITAZIONE HA MESSO IL PIEDE OLTRE IL BORDO DI UN PRECIPIZIO POCO PROFONDO...
..ED È CADUTO DI SOTTO. POI È RIMASTO IMMOBILE.
QUELLA CASSETTA DICEVA CHE QUANDO LA "PERSONA IN PIÙ" MUORE...
...SUBITO DOPO È COME SE NON FOSSE MAI ESISTITA...
AL CHE IO MI SONO SPAVENTATO E SONO CORSO SUBITO QUI...
PERCIÒ IO...
AAAH... PERÒ NON È ANDATA COSÌ...
VOI VI RICORDATE ANCORA DI LUI...

L'HO UCCISO.
ULTIMAMENTE ERA DIVENTATO STRANO...
A FORZA DI PENSARE A CHI PUÒ ESSERE IL "MORTO", MI È SEMBRATO SEMPRE PIÙ SOSPETTO...
E MI SONO CONVINTO CHE POTESSE ESSERE LUI...
...E CHE IL VERO KAZAMI FOSSE MORTO TEMPO FA...
CREDEVO CHE QUELLO CON CUI AVEVAMO A CHE FARE ADESSO FOSSE "LA PERSONA IN PIÙ" CHE SI ERA NASCOSTA IN CLASSE DA QUESTA PRIMAVERA...

UH...?
CERTO CHE LO CONOSCIAMO...
E` IL RAPPRESENTANTE DI CLASSE. VOI DUE VI FREQUENTATE FIN DA QUANDO ERAVATE BAMBINI.
...
AAAGH!
OH, NO!
FORSE HO SBAGLIATO...
IO...
...CREDEVO FOSSE LA "PERSONA IN PIU`"!
PERCIO` PRIMA...
HAI SBAGLIATO?
CHE COSA...

TESHIGAWARA?!
CHE...
PERCHÈ SEI COSÌ AGITATO...?
AH, MISAKI, CI SEI ANCHE TU...
SO CHE SEMBRERÀ STRANO, MA DEVO FARVI UNA DOMANDA...
DUNQUE, VOI...
...
E-ECCO...
CONOSCETE UN CERTO...
...TOMOHIKO KAZAMI?

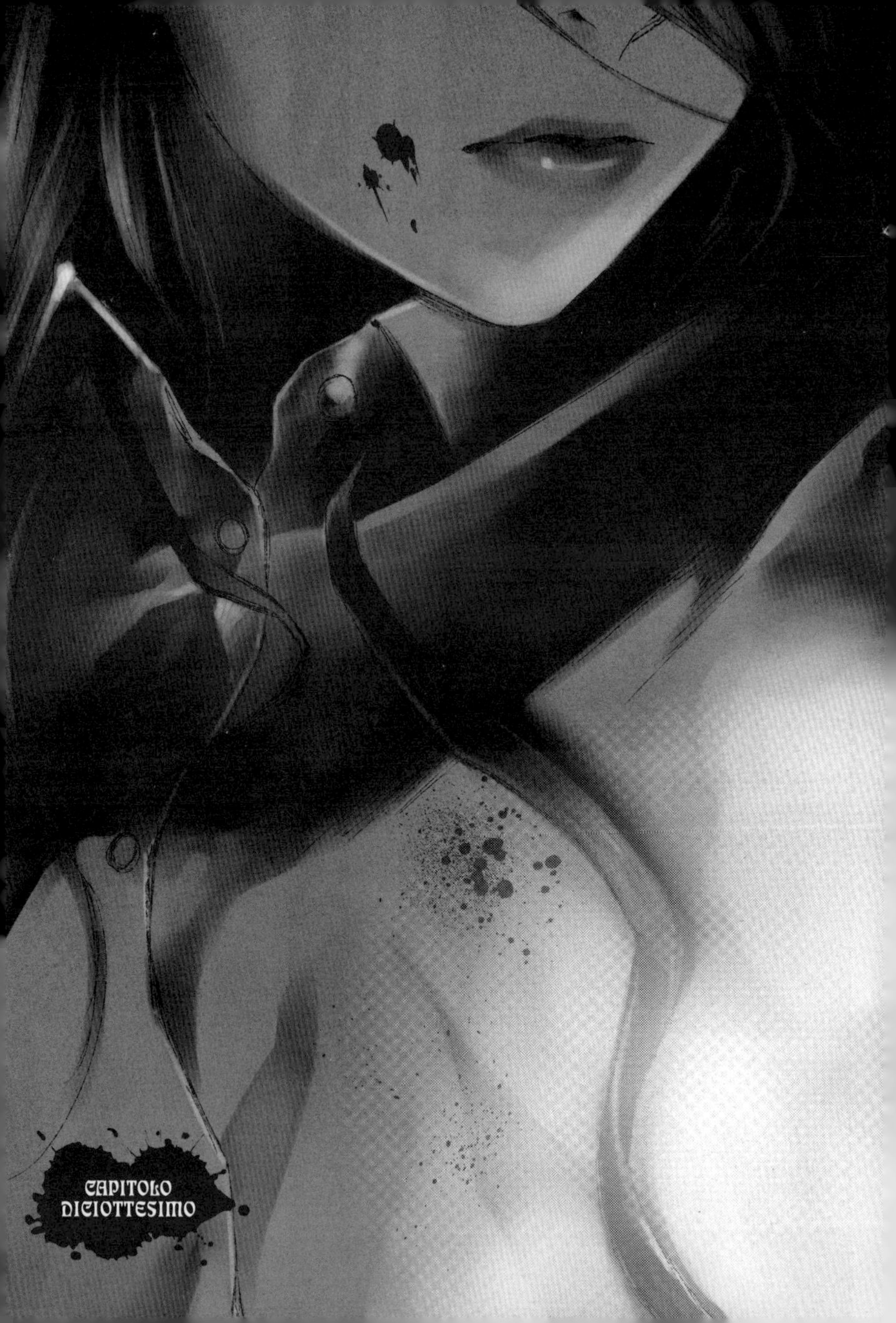
CAPITOLO
DICIOTTESIMO

VLAM
SAKAKI!
TESHIGA-WARA?!
fine CAPITOLO DICIASSETTESIMO

IN QUESTO RITIRO...
SI TRATTA DI...

...PAR-
TECIPA LA
"PERSONA
IN PIU"!
...
CHI E'?

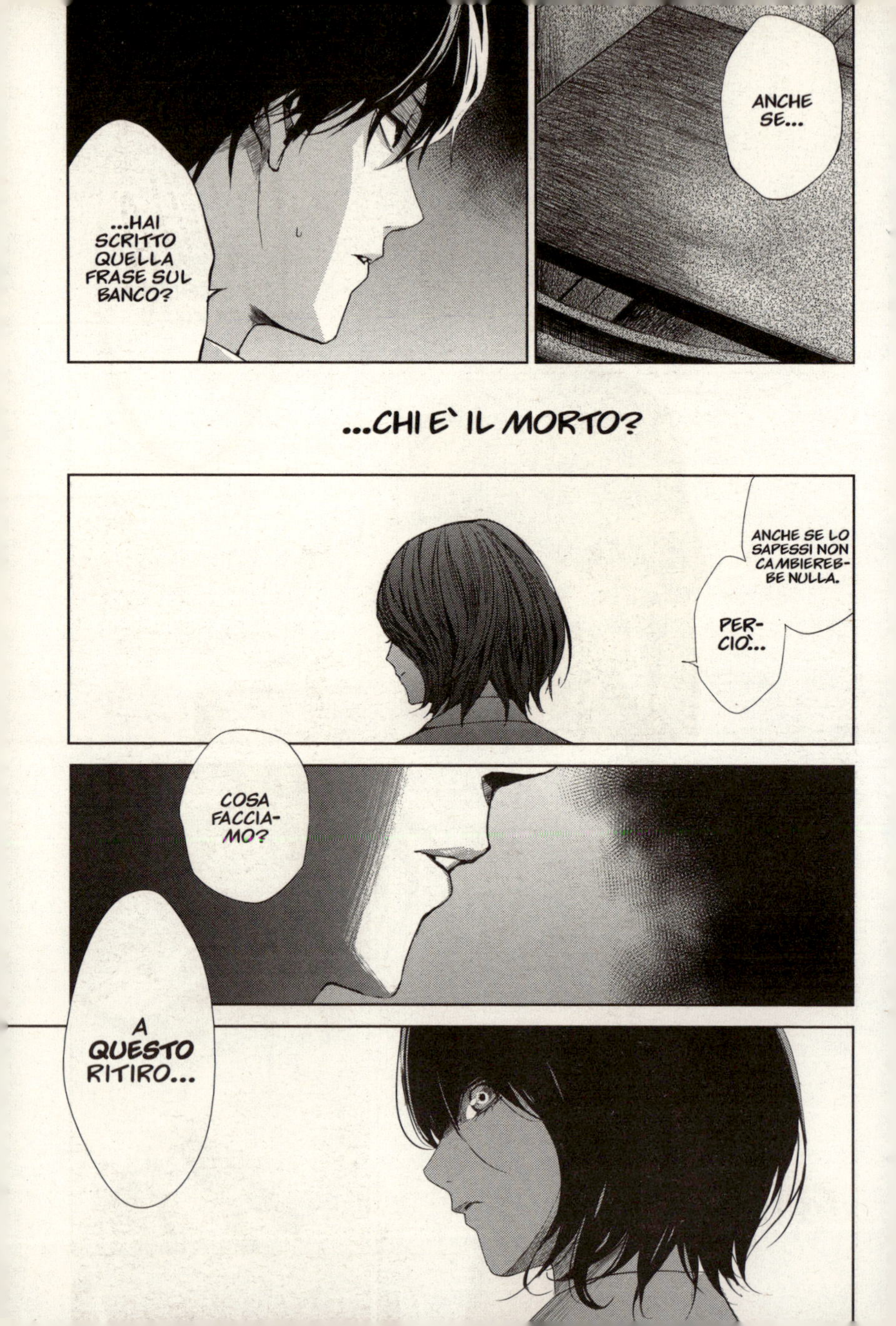
ANCHE SE...
...HAI SCRITTO QUELLA FRASE SUL BANCO?
...CHI E` IL MORTO?
ANCHE SE LO SAPESSI NON CAMBIEREB-BE NULLA.
PER-CIÒ...
COSA FACCIA-MO?
A QUESTO RITIRO...

SHAAA
A SCUOLA...
...NON MI TOLGO MAI LA BENDA.

L'"OCCHIO DELLA BAMBOLA"...
...TI HA PERMESSO DI CAPIRE CHI È LA "PERSONA IN PIÙ" NELLA CLASSE...?

È LA PRIMA VOLTA CHE HO PERCEPITO...
...GUARDANDOTI COSÌ, SENZA LA BENDA...
...IN TE NON PERCEPISCO IL "COLORE DELLA MORTE".
...QUALCOSA DI SIMILE IN UNA COSIDDETTA FOTOGRAFIA DI SPETTRI.
INOLTRE...
PERCIÒ TU NON SEI LA "PERSONA IN PIÙ"...
E PER LA STESSA RAGIONE SO CHE IO NON LO SONO.
ALLORA, PER CASO...
...TU HAI GIÀ SCOPERTO CHI È?

NON È MAI ACCADUTO...
...FINORA...
PERÒ, PER QUELLO...
...VOLEVO VEDERE...
...LA FOTOGRAFIA DELLA 3ª C DI VENTISEI ANNI FA.
MISAKI YOMIYAMA ERA RITRATTO IN QUELLA FOTOGRAFIA.
HAI VISTO IL "COLORE DELLA MORTE" SU DI LUI?
SÌ.

NON SOLO. MI CAPITA ANCHE CON LE PERSONE GRAVEMENTE FERITE O GRAVEMENTE MALATE.
IN QUEL CASO È SOLO UNA SFUMATURA. NELLE PERSONE EFFETTIVAMENTE MORTE È MOLTO PIÙ NITIDO.
MA NON SI TRATTA DI PREVEGGENZA...
PER ESEMPIO, NON VEDO NULLA IN CHI STA PER MORIRE A CAUSA DI UN QUALCHE INCIDENTE.
PERCIÒ DICIAMO CHE POTREMMO CHIAMARLA...
...LA PERCEZIONE DEL **COMPONENTE** DI **"MORTE"** DI UNA PERSONA.
ALLORA...
ANCHE NELLE FOTOGRAFIE DI SPETTRI?

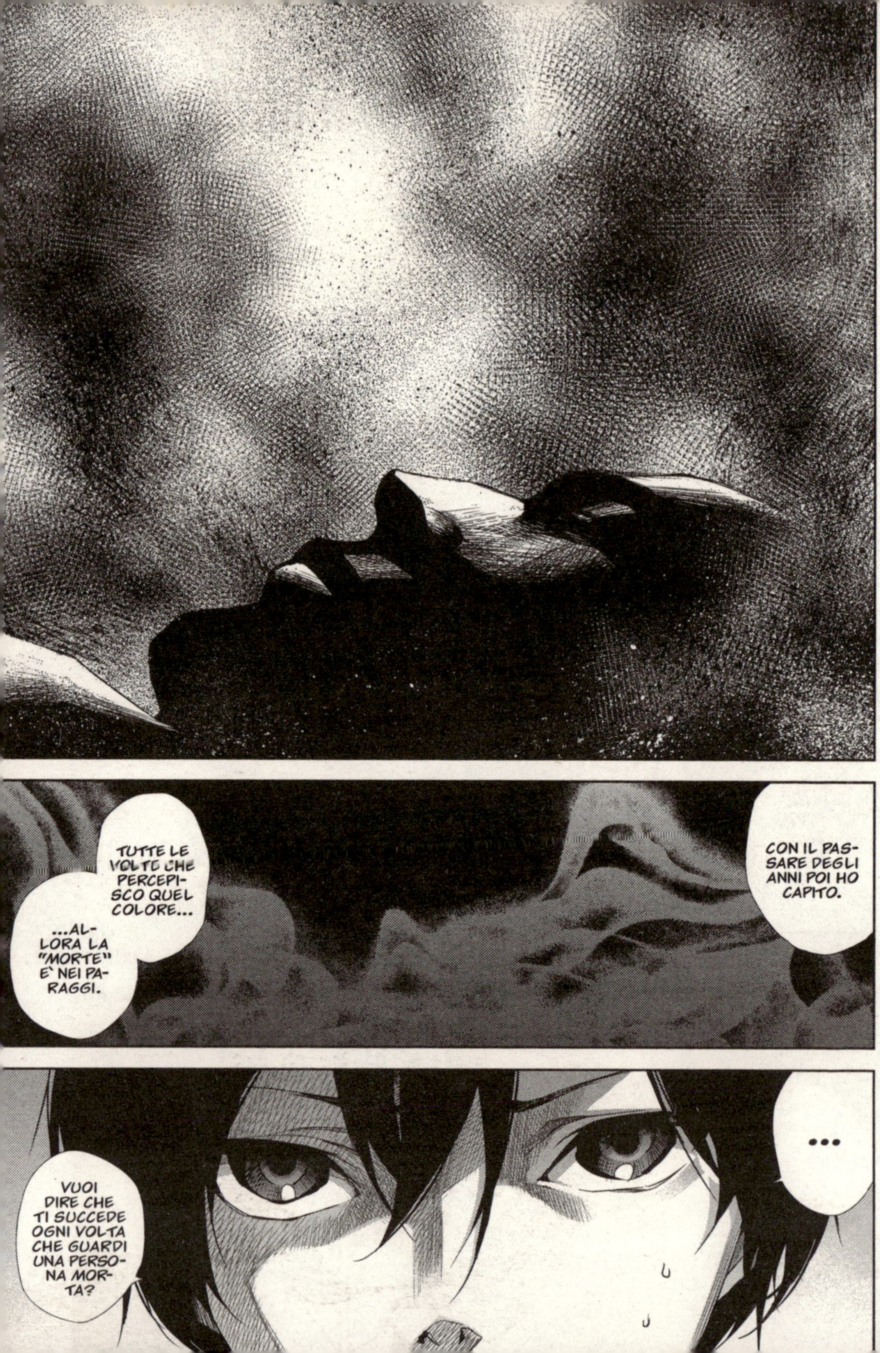
CON IL PASSARE DEGLI ANNI POI HO CAPITO.
TUTTE LE VOLTE CHE PERCEPISCO QUEL COLORE...
...ALLORA LA "MORTE" È NEI PARAGGI.
...
VUOI DIRE CHE TI SUCCEDE OGNI VOLTA CHE GUARDI UNA PERSONA MORTA?

MI E` AC-CADUTO PER LA PRIMA VOLTA...
...AI FUNE-RALI DI UN PARENTE.
QUANDO MISI I FIORI ALL'INTERNO DELLA BARA PER SALU-TARLO...
...E OS-SERVAI IL SUO VOLTO, PROVAI UNA SENSAZIO-NE MOLTO STRANA.
FU COME SE IL MIO OCCHIO SINISTRO, CHE NORMALMEN-TE E` CIECO...
...INVECE PERCEPIS-SE QUAL-COSA...
GUARDAN-DOLO SOLO CON L'OCCHIO DESTRO, TUTTO SEMBRAVA NORMALE.
MA USAN-DO ANCHE L'OCCHIO SINISTRO...
...MI PARE-VA CHE SI SO-VRAPPONESSE UN'AURA DI UNO STRANO COLORE.

DI SOLITO SE NE PARLO NESSUNO MI CREDE...
MA ORMAI A TE POSSO DIRE TUTTO.
COS'È CHE...
...RIESCE A VEDERE?
"IL COLORE DEI MORTI"...
IL COLORE DELLE PERSONE VICINE ALLA "MORTE"...

IL MIO "OCCHIO DELLA BAMBO-LA"...
...MI DICE CHE NON LO SEI.
TE L'HO GIÀ DETTO, NO?
VEDE LE COSE CHE NON SI VEDONO...

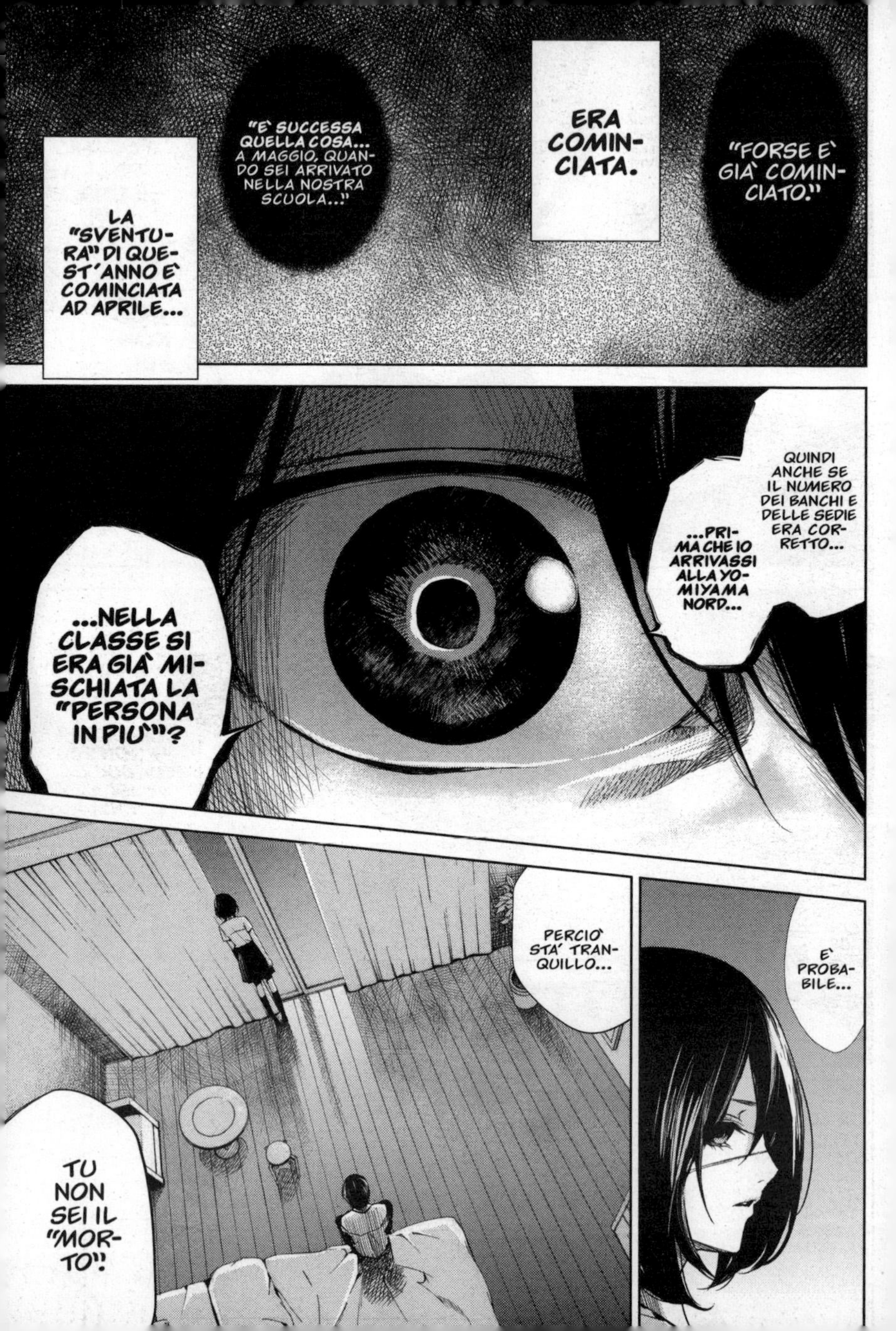
"FORSE È GIÀ COMINCIATO."
ERA COMINCIATA.
"È SUCCESSA QUELLA COSA... A MAGGIO, QUANDO SEI ARRIVATO NELLA NOSTRA SCUOLA..!"
LA "SVENTURA" DI QUEST'ANNO È COMINCIATA AD APRILE...
QUINDI ANCHE SE IL NUMERO DEI BANCHI E DELLE SEDIE ERA CORRETTO...
...PRIMA CHE IO ARRIVASSI ALLA YOMIYAMA NORD...
...NELLA CLASSE SI ERA GIÀ MISCHIATA LA "PERSONA IN PIÙ"?
È PROBABILE...
PERCIÒ STA' TRANQUILLO...
TU NON SEI IL "MORTO"!

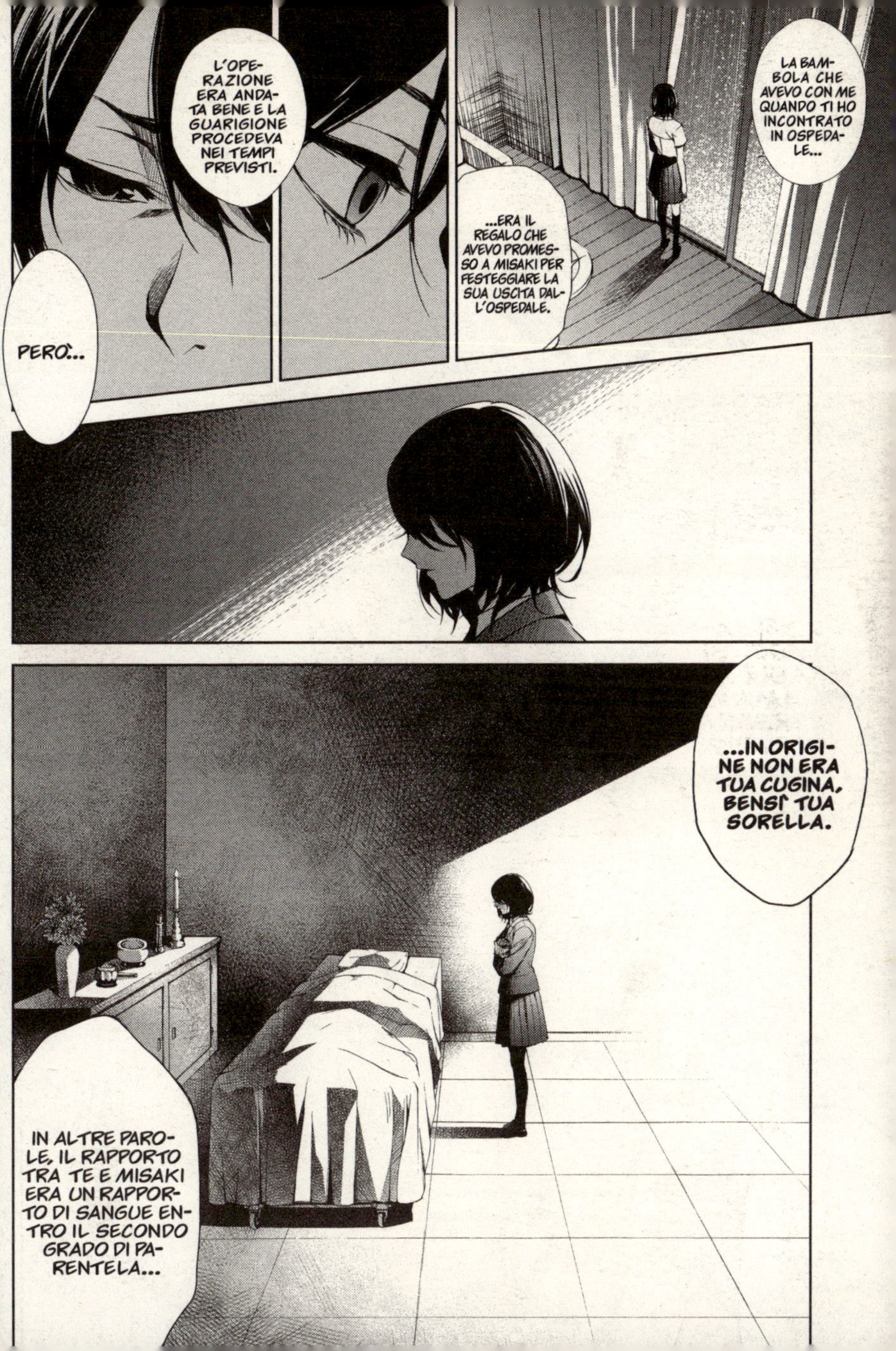
LA BAMBOLA CHE AVEVO CON ME QUANDO TI HO INCONTRATO IN OSPEDALE...
...ERA IL REGALO CHE AVEVO PROMESSO A MISAKI PER FESTEGGIARE LA SUA USCITA DALL'OSPEDALE.
L'OPERAZIONE ERA ANDATA BENE E LA GUARIGIONE PROCEDEVA NEI TEMPI PREVISTI.
PERÒ...
...IN ORIGINE NON ERA TUA CUGINA, BENSÌ TUA SORELLA.
IN ALTRE PAROLE, IL RAPPORTO TRA TE E MISAKI ERA UN RAPPORTO DI SANGUE ENTRO IL SECONDO GRADO DI PARENTELA...

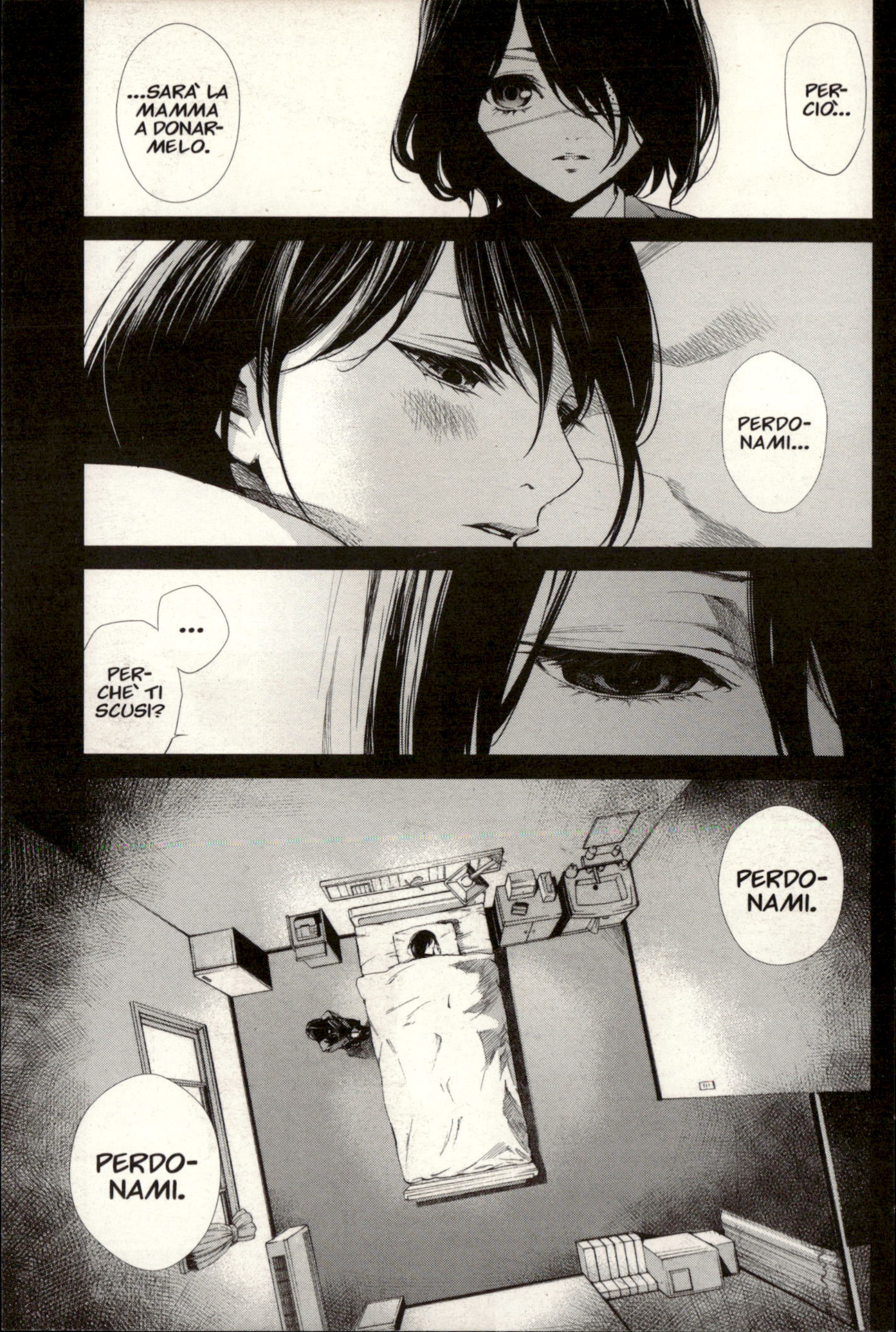
PER-
CIÒ...
...SARÀ LA MAMMA A DONARMELO.
PERDO-
NAMI...
...
PERCHÈ TI SCUSI?
PERDO-
NAMI.
PERDO-
NAMI.

TRAPIANTO DI RENI?
GIÀ...
IL DOTTORE HA DETTO CHE DI QUESTO PASSO DOVRÒ STARE TUTTA LA VITA IN DIALISI...
QUINDI PER UN PO' NON POTREMO VEDERCI.
IO...
NO.
SOTTO AI QUINDICI ANNI NON SI PUÒ ESSERE DONATORI.
PERCIÒ...

E LA TUA VERA MADRE...?
MI PIACEREBBE TANTO INCONTRARLA...
E ANCHE PAPÀ.
UNA VOLTA HO PROVATO A DIRLO A KIRIKA.
MA...
...NON ME L'HA PERMESSO.
PERÒ, OGNI TANTO, SONO RIUSCITA A INCONTRARE MISAKI DI NASCOSTO...
ANCHE LEI DOVEVA AVER CAPITO CHE ERAVAMO SORELLE.
POI... A PRIMAVERA DELL'ANNO SCORSO...
...MISAKI SI È AMMALATA.

PIANGI?
MAMMA...
...PERCHE`?
PERCHE`
PIANGI...?

MA...
MAMMA?

MI HA COCCOLATO PIU' DI TUTTI GLI ALTRI.
MA AI SUOI OCCHI SONO SEMPRE STATA UNA SOSTITUTA.
"PER LEI IO SONO UNA BAMBOLA!"
IN ME VEDRÀ SEMPRE...
...IL BAMBINO CHE NON E' RIUSCITA A PARTORIRE.
"...SONO DI CARNE E OSSA, MA NON SONO VERA!"
IL LEGAME CON IL FIGLIO CHE NON HA MAI AVUTO E DA CUI NON RIESCE A STACCARSI...
...E' LA RAGIONE PER CUI CONTINUA A RESTARSENE RINCHIUSA NELLA BOTTEGA A CREARE BAMBOLE.

QUANDO AVEVO DUE ANNI CAMBIAI NOME DA MEI FUJIOKA A MEI MISAKI.
NON HO IDEA DEL MOTIVO...
...PER CUI SCELSERO ME ANZICHÈ MISAKI.
FORSE...
...PER VIA DEL MIO NOME.
IN CHE SENSO...?
SE LA FAMIGLIA MISAKI AVESSE ADOTTATO MISAKI...
...SI SAREBBE CHIAMATA MISAKI MISAKI.
MAGARI È STATO PROPRIO PER UNA RAGIONE COSÌ SCIOCCA...
MI PIACE PENSARE CHE SIA ANDATA COSÌ.
HO SCOPERTO LA VERITÀ QUANDO ERO IN QUINTA ELEMENTARE.
LA NONNA SE L'È LASCIATO SFUGGIRE...
PUOI IMMAGINARE...
...LO SCONCERTO DI KIRIKA IN QUEL MOMENTO.
FORSE AVREBBE VOLUTO TENERMELO NASCOSTO PER TUTTA LA VITA...

LA FAMIGLIA FUJIOKA FATICAVA A MANTENERE LE DUE GEMELLE...
...PER RAGIONI ECONOMICHE E NON SOLO.
LA FAMIGLIA MISAKI, INVECE, DOVEVA AIUTARE YUKIYO A USCIRE DALLA DEPRESSIONE.
DICIAMO COSÌ, LA DOMANDA HA INCONTRATO L'OFFERTA...
NON SARÀ CHE...
COSÌ FUI DATA IN ADOZIONE...
...ALLA FAMIGLIA MISAKI, DALLA FAMIGLIA FUJIOKA.

SONO STATE CRESCIUTE ED EDUCATE INSIEME. POI, UNA VOLTA ADULTE, SI SONO SPOSATE.
FU COSÌ...
...CHE MITSUYO SI SPOSÒ CON IL SIGNOR FUJIOKA E RIMASE SUBITO INCINTA.
MISAKI FU LA LORO PRIMA BAMBINA...?
LEI È UN'ALTRA.
MITSUYO PARTORÌ DUE GEMELLE.
L'ANNO SEGUENTE ANCHE YUKIYO ASPETTAVA UN BAMBINO.
MA SUO FIGLIO NON VENNE MAI AL MONDO...
E COME SE NON BASTASSE, LE CONSEGUENZE DI QUELLA PRIMA GRAVIDANZA SFORTUNATA...
...LE HANNO IMPEDITO PER SEMPRE DI AVERE ALTRI FIGLI.

MISAKI ERA RICOVERATA IN OSPEDALE E MORÌ PRO-PRIO...
...IL GIORNO DEL NOSTRO PRIMO INCONTRO.
TU ERI ANDATA A PORTARLE QUELLA BAMBO-LA...
MISAKI FUJIOKA ERA LA MIA CU-GINETTA.
AVEVAMO LA STESSA ETÀ, PERÒ...
...LE COSE NON STANNO PROPRIO COSÌ...
SUA MADRE SI CHIAMAVA MITSUYO.
MIA MADRE... KIRIKA, MA IL SUO VE-RO NOME È YUKIYO.
ERANO SORELLE GEMELLE DIZIGO-TICHE.

MISAKI
FUJIOKA...
CAPITOLO
DICIASSETTESIMO

Another
...
RACCON-
TARMI UNA
COSA...?
RIGUARDA
MISAKI...
MISA-
KI...?
INTENDI
FORSE...
SÌ.

fine
CAPITOLO
SEDICESIMO

SHAAA
AH...
AH...
AAAAH...

SHAAA

SHAAAAA
SHAAAA
ANF
ANF
ANF

SAKAKIBARA, VORREI RAC-CONTARTI...
...UNA COSA...

MIZUNO...
...TI HA TRASPORTATO FINO QUI.
EH...?
MIZUNO?
ANCHE TESHIGAWARA...
...AVEVA PAURA CHE TU POTESSI DIVENTARE...
...IL "MORTO DI AGOSTO"!
AH...
DEVE TRATTARSI DEL MIO PROBLEMA POLMONARE ANCORA UNA VOLTA...
STO BENE.
BASTA RIPOSARE UN POCO E CREDO CHE MI RIMETTERÒ.
GRAZIE PER PRIMA...
...IN SALA DA PRANZO.
DI NIENTE... FIGURATI...

...
DOVE...
IL MEMORIA-LE... SIAMO NELLA TUA STANZA.
MISA-KI?
IL SIGNOR CHIBIKI HA PROVATO A CHIAMARE UN'AMBU-LANZA, MA...
...I CELLULARI NON HANNO SEGNALE IN QUESTO MOMENTO.

PIUT-TOSTO...
...L'IMPORTANTE È SCOPRIRE CHI È LA "PERSONA IN PIÙ"...
STHUNK
SAKA-KI?!
EHI, SAKA-KI?!
SAKAKI-BARA?!

BLA
CHIEDO SCUSA.
BLA
BLA
NO!
LA COLPA IN REALTÀ... È MIA...!
EHI!
SMETTETELA TUTTI!
BASTA!
TUTTO QUESTO NON HA SENSO!
TESHIGAWARA...

VOLETE CHE MI SCUSI?
ANCHE SE NON HA SENSO...
...
MISA-KI...
CHE DICI, E DI COSA DOVRESTI SCUSARTI?
CHIEDO SCUSA.
CHIEDO SCUSA.
CHIEDO SCUSA, E` COLPA MIA...

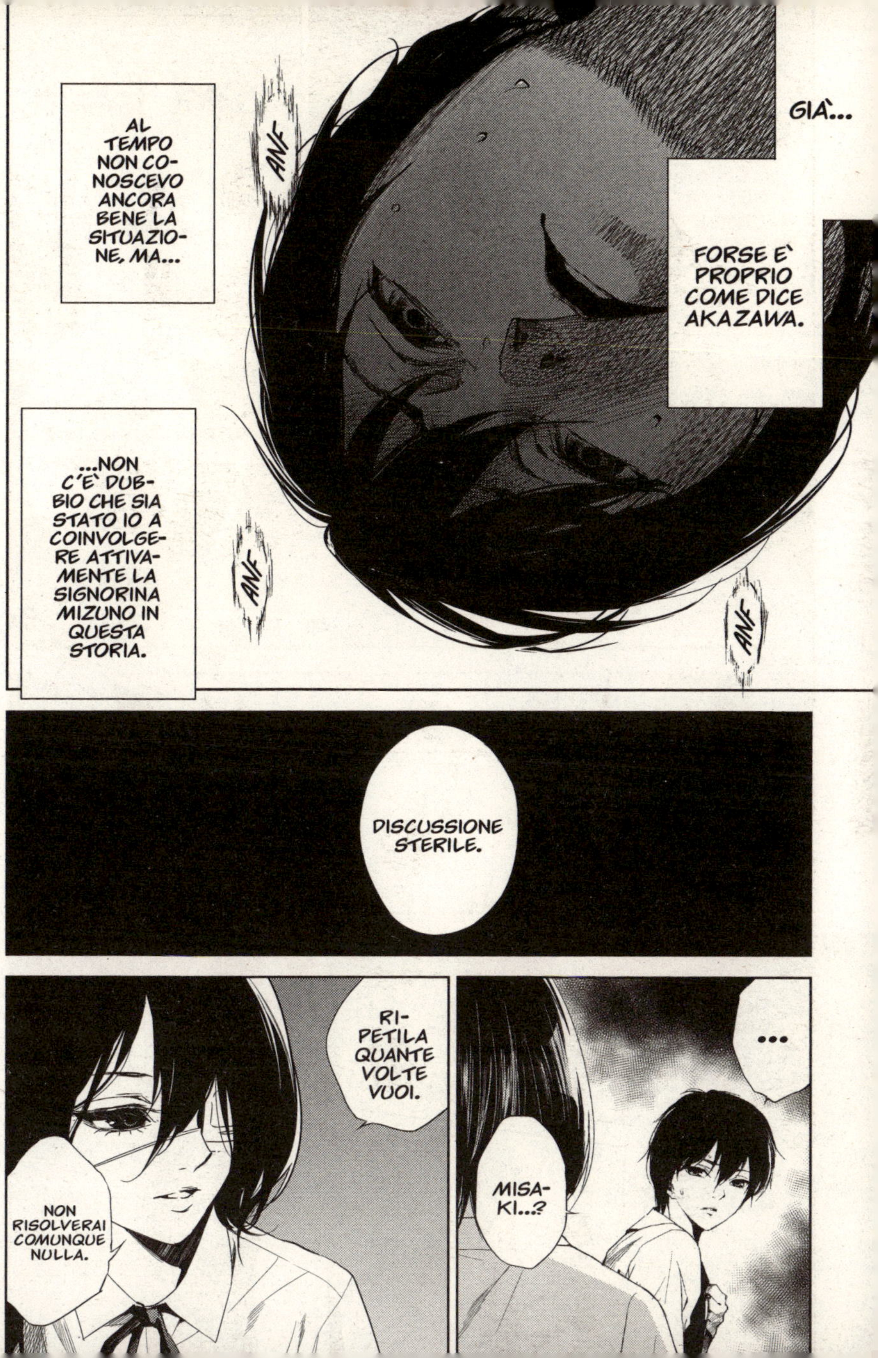

GIÀ...
FORSE È PROPRIO COME DICE AKAZAWA.
ANF
AL TEMPO NON CONOSCEVO ANCORA BENE LA SITUAZIONE, MA...
...NON C'È DUBBIO CHE SIA STATO IO A COINVOLGERE ATTIVAMENTE LA SIGNORINA MIZUNO IN QUESTA STORIA.
ANF
ANF
DISCUSSIONE STERILE.
...
MISAKI...?
RIPETILA QUANTE VOLTE VUOI.
NON RISOLVERAI COMUNQUE NULLA.

È PROPRIO PERCHÈ LE HAI RACCONTATO TUTTO...
...CHE È DIVENTATA IL "MORTO DI GIUGNO".
MI PARE PIUTTOSTO PROBABILE, O NO?
VERO?
NON LA PENSI COSÌ ANCHE TU, MIZUNO?
È COLPA MIA...

...YU-KARI...
...NON SAREBBE MORTA.
CHE COSA...
E LO STESSO VALE PER LA SORELLA DI MIZUNO!
MIZUNO, INFATTI, MI HA DETTO CHE...
...SAKAKIBARA E SUA SORELLA SI CONOSCEVANO, GIUSTO?
HAI PARLATO CON LEI...
...DELLA QUESTIONE DELLA 3ª C, VERO?

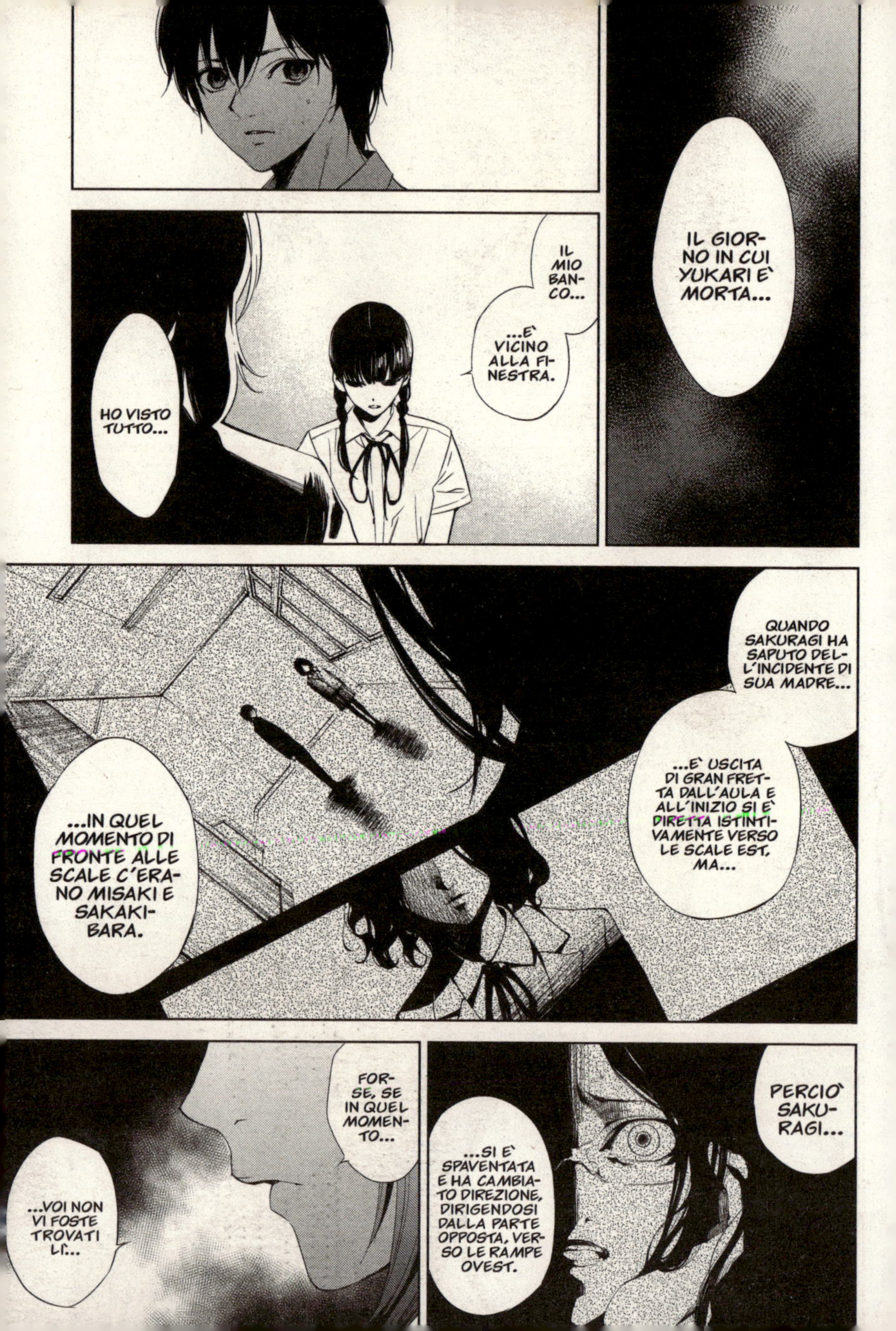
IL GIORNO IN CUI YUKARI È MORTA...
IL MIO BANCO...
...È VICINO ALLA FINESTRA.
HO VISTO TUTTO...
QUANDO SAKURAGI HA SAPUTO DELL'INCIDENTE DI SUA MADRE...
...È USCITA DI GRAN FRETTA DALL'AULA E ALL'INIZIO SI È DIRETTA ISTINTIVAMENTE VERSO LE SCALE EST, MA...
...IN QUEL MOMENTO DI FRONTE ALLE SCALE C'ERANO MISAKI E SAKAKIBARA.
PERCIÒ SAKURAGI...
...SI È SPAVENTATA E HA CAMBIATO DIREZIONE, DIRIGENDOSI DALLA PARTE OPPOSTA, VERSO LE RAMPE OVEST.
FORSE, SE IN QUEL MOMENTO...
...VOI NON VI FOSTE TROVATI LÌ...

NON ABBIAMO ANCORA SENTITO UNA SOLA PAROLA DI SCUSE DA PARTE DI MISAKI.
ANZI, MISAKI...
...APPENA NON SEI PIÙ STATA LA "PERSONA CHE NON ESISTE"...
...HAI RICOMINCIATO A PARLARE E MANGIARE INSIEME AI TUOI COMPAGNI DI CLASSE...
...COME SE NON FOSSE MAI SUCCESSO NIENTE...
COSÌ...
COSÌ...

FORSE E` STATO IMPRUDENTE NON INFORMARE ANTICIPATAMENTE SAKAKIBARA...
...MA SE MISAKI LO AVESSE IGNORATO FINO IN FONDO, TUTTO SAREBBE FILATO LISCIO.
E...
...ALLORA?
COSA PROPONI DI FARE, QUINDI?
DEVONO CHIEDERE SCUSA.

COME VI HO GIÀ DETTO IN PRECEDENZA...
...PENSO CHE TU, MISAKI, SIA IN PARTE COLPEVOLE...
...DEI VARI INCIDENTI ACCADUTI FINORA.
SE MISAKI AVESSE INTERPRETATO CORRETTAMENTE IL RUOLO DI "PERSONA CHE NON ESISTE" NON SAREBBE MORTO NESSUNO.
E CREDO CHE ANCHE SAKAKIBARA SIA CORRESPONSABILE DI QUESTO.
VISTO CHE SEI STATO TU AD AVVICINARTI A LEI.
PERCIÒ...
ASPETTA UN ATTIMO.
È STATO INEVITABILE.
NON POTEVA ANDARE DIVERSAMENTE, NON CREDI?
PUÒ DARSI.

AH...
S-SÌ, VA BENE.
PARLA PURE, AKAZAWA.
MISA-KI...
...DEVO DIRTI UNA COSA.
E POI, SAKAKI-BARA...
...AN-CHE A TE.

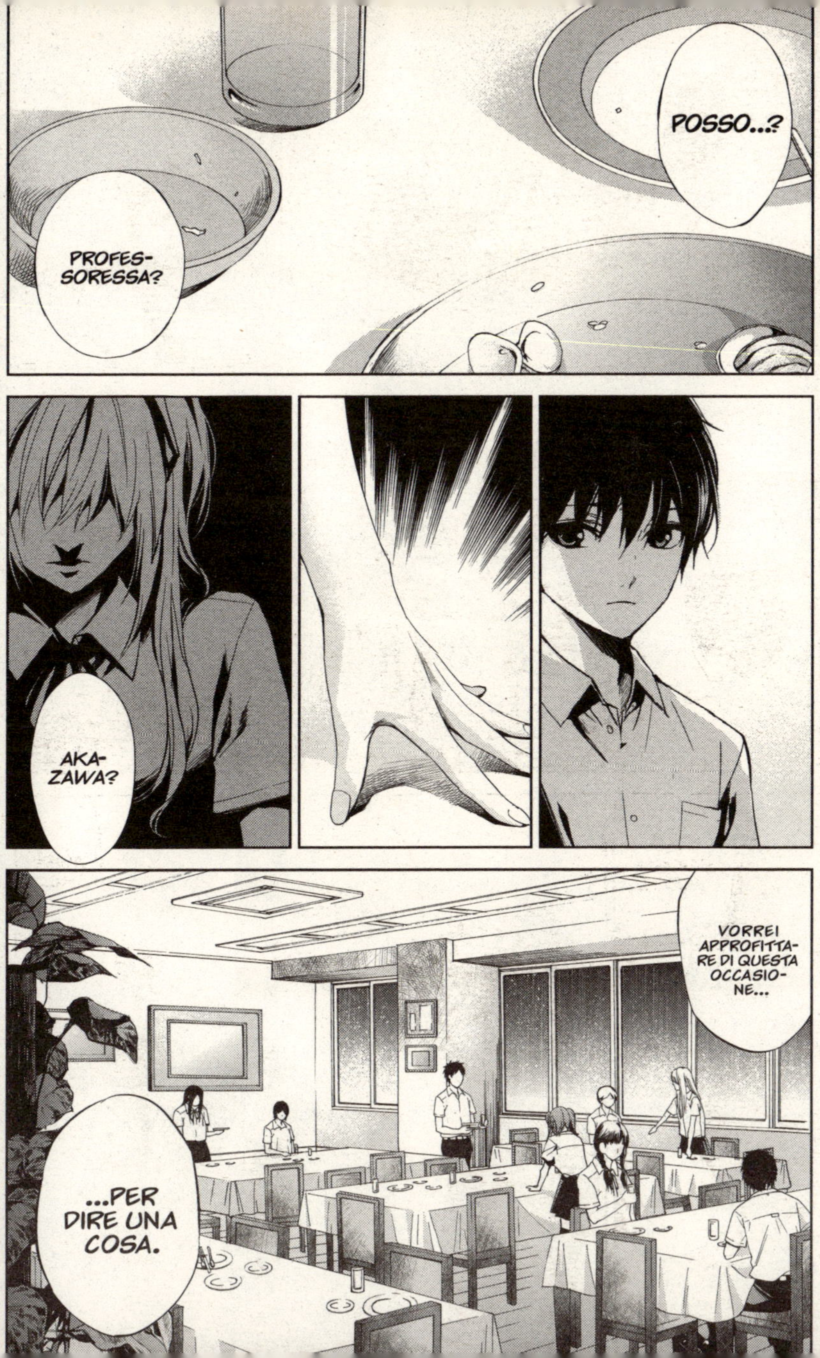
POSSO...?
PROFES-
SORESSA?
AKA-
ZAWA?
VORREI APPROFITTA-RE DI QUESTA OCCASIO-NE...
...PER DIRE UNA COSA.

GIÀ...
ANCHE SE ABBIAMO FINALMENTE SCOPERTO...
...IL MODO PER FERMARE LA "SVENTURA"...
...COME POSSIAMO FARE?

SENTI, SAKAKI...
...SIAMO PROPRIO SICURI CHE NON ESISTA UN MODO PER CAPIRE CHI È LA "PERSONA IN PIÙ"?
MAGARI UN SEGNO.
...
NON SAPREI.
GIÀ...
NOI SIAMO GLI UNICI A CONOSCERE IL CONTENUTO DELLA CASSETTA.
È INEVITABILE CHE MI VENGA DA CHIEDERMI SE POSSO FARE QUALCOSA...
È DIFFICILE PENSARE DI SOPPORTARE...
...LA MORTE DI UN PROPRIO FAMILIARE, NO?
E SICCOME SONO FINITO NELLA 3ª C, LORO RISCHIANO QUANTO ME.
...

SEI UN MASCHIO? EH, SEI DAVVERO UN MASCHIO?
SEI TROPPO CARINO!
SECONDO ME STARESTI BENISSIMO VESTITO DA DONNA.
MOCHIZUKI VESTITO DA DONNA...
LE RAGAZZE ADORANO QUESTE COSE!
COUGH
GIÀ...
AAAH!
PERÒ...
COSA MI È TOCCATO IMMAGINARE PER UN ATTIMO!
ANF ANF
GIÀ, MEGLIO NON PENSARCI...
UFF...
...
NON GLIENE FREGA NIENTE.
EHI! NON STATEVENE LÌ A GUARDARE! AIUTATEMI!
SHOCK!
PERÒ, CHE NOSTALGIA, VERO KAZAMI?
UNA VOLTA È SUCCESSO ANCHE A TE.
NON MI RICORDO, DEV'ESSERE STATO MOLTO TEMPO FA.
ALLORA IO VADO. DEVO ANDARE ALLE LEZIONI POMERIDIANE.
AH... EHI, E IL DISCORSO DI PRIMA? ABBIAMO GIÀ FINITO?
MI PAREVA CHE AVESSIMO PRESO UNA DECISIONE, NO...?

POSSIAMO ENTRARE, VERO?
CHE COS'È SUCCESSO OGGI? QUANTO TEMPO!
CIAO...
SEI PROPRIO TOMOOO!
È VERO, SEI PROPRIO TOMO! CHI SE L'ASPETTAVA!
UNA VOLTA VENIVI SPESSO A GIOCARE.
STAVI SEMPRE INCOLLATO A QUESTO SCEMO.
GIÀ. ERI CARINO COME UN CONIGLIETTO! PERÒ AGGRAPPATO ALLO SCEMO.
SMETTETELA DI CHIAMARMI SCEMO!
IN EFFETTI, TESHIGAWARA E KAZAMI...
...SONO AMICI D'INFANZIA.
YAAAAAAH!!
QUESTO BAMBINO È CARINISSIMO!
È BELLISSIMO! È UN RAGAZZO BELLISSIMO!

UCCIDENDO LA "PERSONA IN PIÙ", CIOÈ IL "MORTO", LA "SVENTURA" SI FERMA.
SE ANCHE I NOSTRI COMPAGNI DI CLASSE SCOPRISSERO CHE LE COSE STANNO COSÌ, COSA SUCCEDEREBBE...?
DI SICURO CERCHEREBBERO TUTTI DI INDIVIDUARE LA "PERSONA IN PIÙ"!
MA NON ESISTE UN MODO PER FARLO SENZA CORRERE IL RISCHIO DI SBAGLIARSI...
PENSATE COSA POTREBBE ACCADERE SE QUALCUNO VENISSE SCELTO COME "PERSONA IN PIÙ" SENZA PROVE FONDATE...
È MEGLIO SE QUESTA SCOPERTA CE LA TENIAMO PER NOI...
TOMO?
...

...LO UCCIDE-REMMO?
SECONDO VOI SIAMO DAVVERO IN GRADO DI UC-CIDERE...?
CHI LO FAREB-BE...?
E IN CHE MODO?

COSA CE NE FACCIAMO...
...DI UNA SOLUZIONE DEL GENERE?
COSA STAI DICENDO?
BASTA INDIVIDUARE IL "MORTO"...
...
E COME?
È...
IMPOSSIBILE!
ANCHE I RICORDI DEL "MORTO" SONO MODIFICATI.
E POI, ANCHE SE RIUSCISSIMO A CAPIRE CHI È...

...
UCCIDENDO LA "PERSONA IN PIU'" LA "SVENTURA" SI ESTINGUE...
...CHE SCIOCCHEZZA.

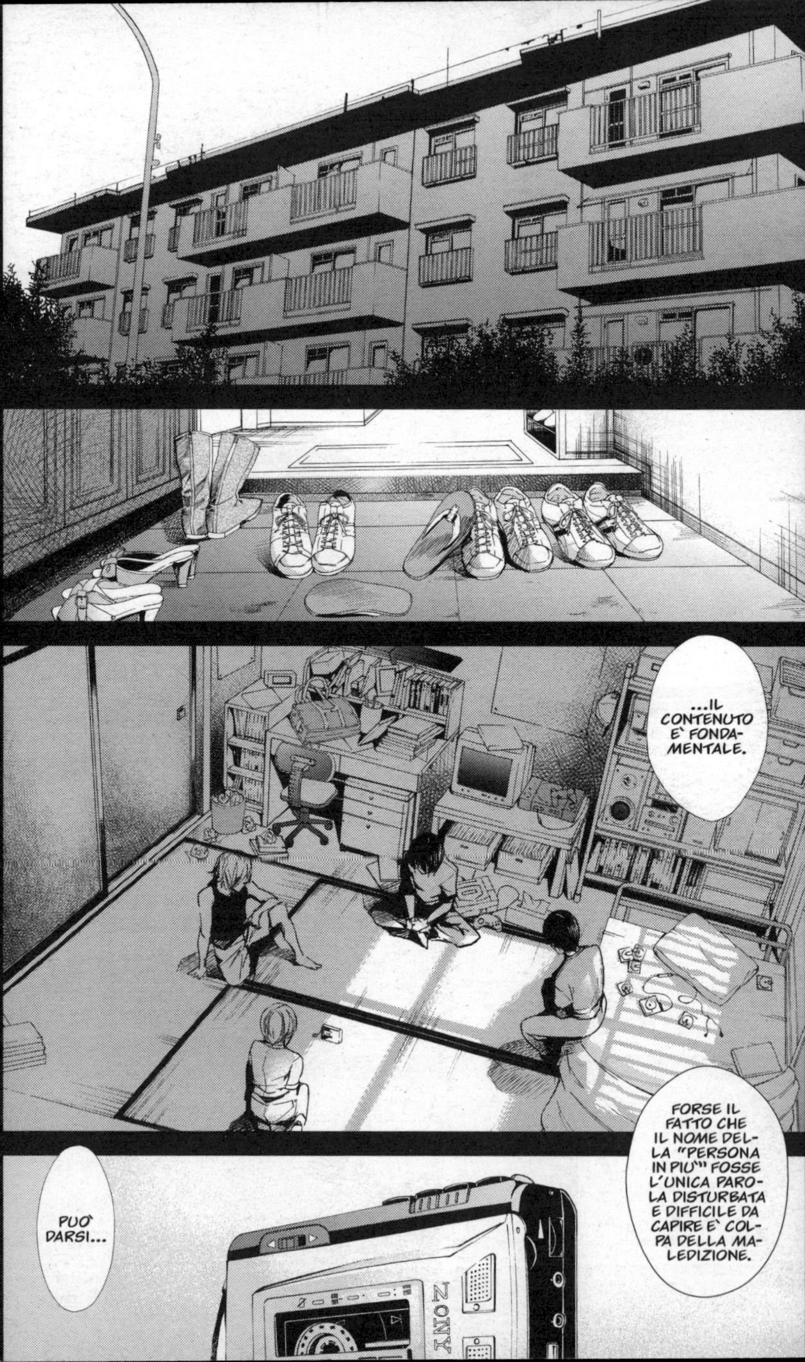
...IL CONTENUTO È FONDAMENTALE.
FORSE IL FATTO CHE IL NOME DELLA "PERSONA IN PIÙ" FOSSE L'UNICA PAROLA DISTURBATA E DIFFICILE DA CAPIRE È COLPA DELLA MALEDIZIONE.
PUÒ DARSI...

COMUNQUE...
FORSE È MEGLIO PARLARE AL SIGNOR CHIBIKI DELLA CASSETTA.
...
PENSO SIA UNA BUONA IDEA.
SÌ, È VERO, MA...
...A TE CHE IMPRESSIONE HA FATTO ASCOLTARE QUELLA CASSETTA, MISAKI...?
È DA MOLTI ANNI CHE IL SIGNOR CHIBIKI OSSERVA E REGISTRA QUESTO "FENOMENO"...
A VOI CHE IMPRESSIONE HA FATTO...?
...
ECCO...

...
...
EH?
ACCIDENTI, QUANTA ROBA...
IN EFFETTI NON AVEVANO PARLATO DI PRANZO AL SACCO...
PROFESSORESSA MIKAMI...
...ALLORA CHE GLIENE PARE DI QUESTA ZUPPA?
EHM, È DAVVERO OTTIMA...
VERO? È DA UNA SETTIMANA CHE HO COMINCIATO A PREPARARLA. È IL MIO PIATTO FORTE!
UAH AH AH!
LA CENA È OPERA DEL SIGNOR CHIBIKI...
BE', SONO CONTENTO CHE LE SIA PIACIUTA.
EHM... ABBASSI LA VOCE, CI SONO ANCHE GLI STUDENTI...
AH AH AH!
LO CREDEVO UN TIPO PIÙ RISERVATO...
EHM...
LA CUCINA È UNO DEI MIEI POCHI PASSATEMPI.
SIGNOR CHIBIKI!
SÌ.
AH...
DEPRESSO
...SCUSI.
MAMMA MIA, CHE BRUTTA ATMOSFERA...
È COLPA LORO.
SEMBRA L'ULTIMA CENA...
EHI!
DEPRESSO
NON DIRLO NEANCHE PER SCHERZO.

OGGI È VENUTO AD AIUTARMI IL SIGNOR CHIBIKI.
COME SAPRETE, È IL RESPONSABILE DELLA SECONDA SALA DELLA BIBLIOTECA DELLA NOSTRA SCUOLA.
LA PROFESSORESSA MIKAMI NON SI SENTIVA SICURA DA SOLA, PERCIÒ...
...HO DECISO DI VENIRE A DARLE UNA MANO.
E DOMANI, NATURALMENTE, VI ACCOMPAGNERÒ FINO AL SANTUARIO.
SE DOVESSE PIOVERE NON ANDREMO, MA SI DECIDERÀ DOMATTINA...
SE NON VI SENTITE BENE, O PER QUALSIASI ALTRA NECESSITÀ, NON ESITATE A CHIAMARCI...
...D'ACCORDO?

CAPITOLO
SEDICESIMO

UNA VOLTA COMINCIATA...
...È L'UNICO MODO PER FERMARE LA SVENTURA.
fine CAPITOLO QUINDICESIMO

UCCI-
DETE LA
"PERSONA
IN PIU"!

FATE TORNARE IL "MORTO" ALLA "MORTE"!

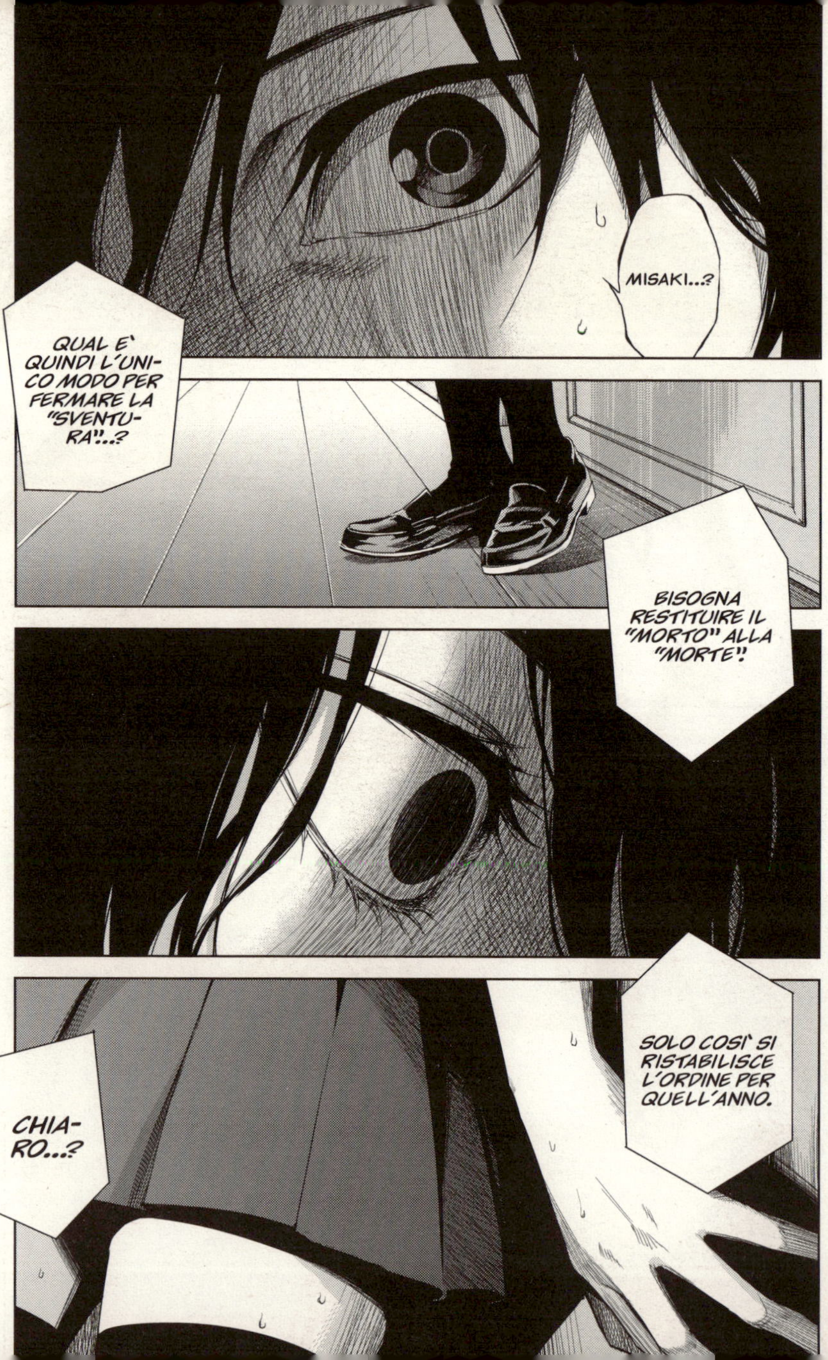
MISAKI...?
QUAL È QUINDI L'UNICO MODO PER FERMARE LA "SVENTURA"...?
BISOGNA RESTITUIRE IL "MORTO" ALLA "MORTE"!
SOLO COSÌ SI RISTABILISCE L'ORDINE PER QUELL'ANNO.
CHIARO...?

QUANDO COLUI CHE IN ORIGINE NON SAREBBE DOVUTO ESISTERE...
...E` STATO RESTITUITO ALLA "MORTE", ALLORA I CONTI SONO TORNATI.
SOLTANTO IO MI RICORDO ANCORA DI XX, PROBABILMENTE PERCHE` SONO STATO COINVOLTO NELLA SUA MORTE PIU` DI TUTTI.
MA CREDO CHE CON IL TEMPO...
...ANCHE IO MI DIMENTICHERO` DI LUI.
PER TUTTE QUESTE RAGIONI VOLEVO REGISTRARE I MIEI RICORDI, FINCHE` SONO ANCORA NITIDI.

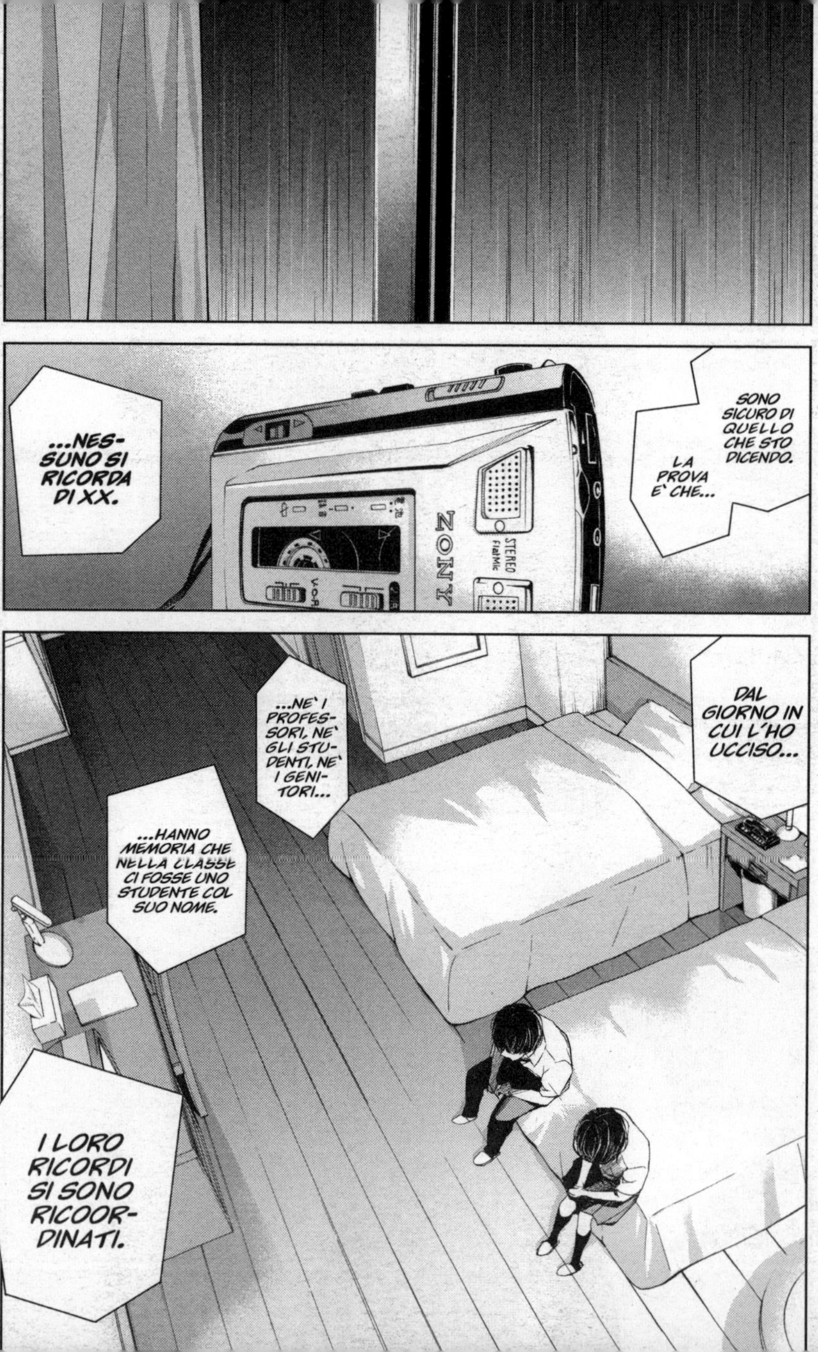
SONO SICURO DI QUELLO CHE STO DICENDO.
LA PROVA E` CHE...
...NESSUNO SI RICORDA DI XX.
DAL GIORNO IN CUI L'HO UCCISO...
...NE' I PROFESSORI, NE' GLI STUDENTI, NE' I GENITORI...
...HANNO MEMORIA CHE NELLA CLASSE CI FOSSE UNO STUDENTE COL SUO NOME.
I LORO RICORDI SI SONO RICOORDINATI.
SONY
STEREO FlatMic

IN POCHE PAROLE, QUELLO CHE HO UCCISO...
...ERA LA "PERSONA IN PIU'" DI QUEST'ANNO NASCOSTA NELLA CLASSE.
PERO', IRONICAMENTE, IL MIO GESTO CI HA "SALVATI".
SALVATI...
CAPITE?
CON LA MORTE DELLA "PERSONA IN PIU'" MISCHIATA NELLA CLASSE...
...LA "SVENTURA" DI QUEST'ANNO SI È ARRESTATA.

EHI, CHE FINE AVRÀ FATTO?
SARÀ GIÀ TORNATO A CASA...?
...
MATSUNAGA, STAI BENE?
EH...?
MA CHI È...
...QUESTO XX DI CUI STAI PARLANDO?
ERA TUTTO MOLTO STRANO.
I PARTECIPANTI AL RITIRO ERANO DICIANNOVE.
MI PAREVA IMPOSSIBILE E HO VERIFICATO.
QUESTO XX NON C'ERA MAI STATO...

LA MATTINA SUCCESSIVA NESSUNO MI HA DETTO NIENTE.
ALLORA MI SONO FATTO FORZA...
...E SONO TORNATO DI NASCOSTO A VERIFICARE.
MA... NON C'ERA!
IL CORPO NON C'ERA PIÙ.
ERA SCOMPARSO DEL TUTTO. NON C'ERANO TRACCE DI AL-CUN GENERE, NEMMENO RESIDUI DI SANGUE.

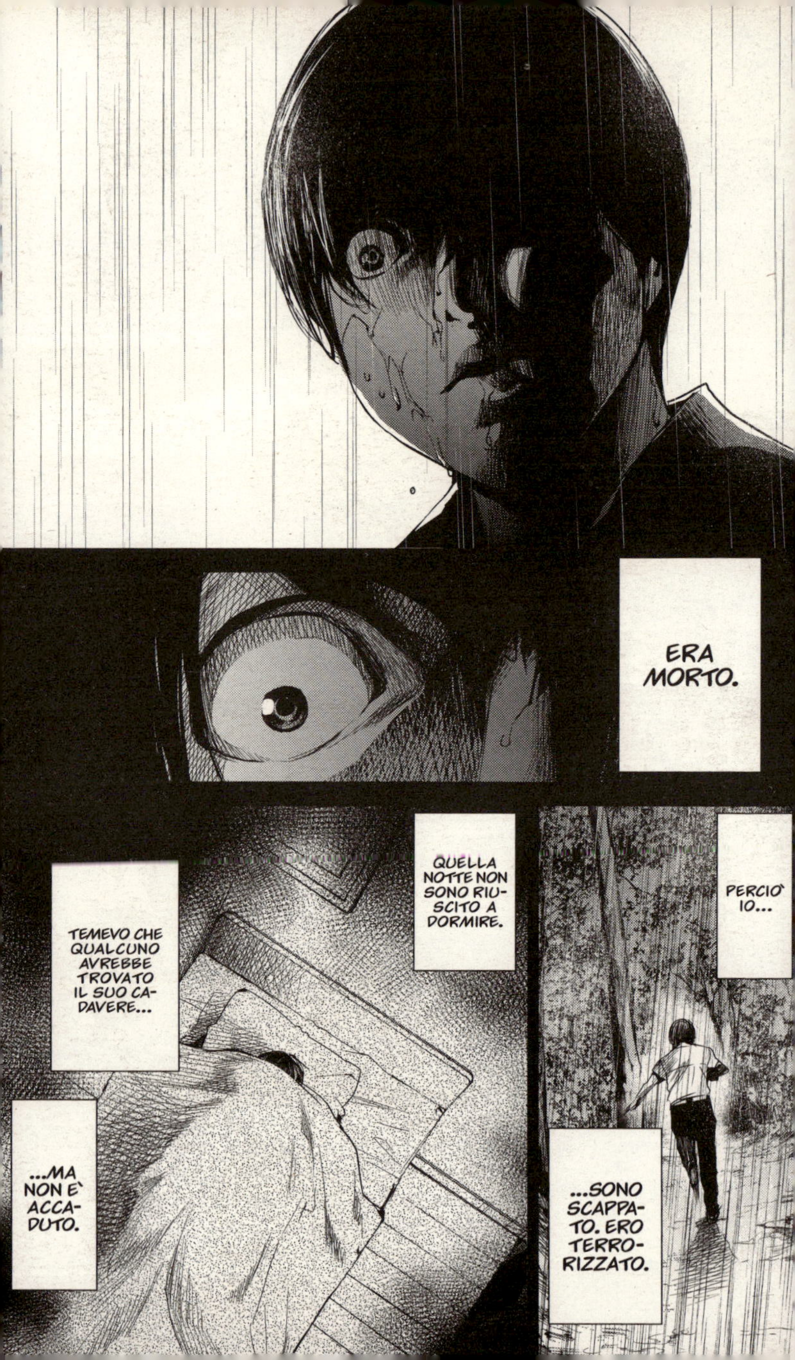
ERA MORTO.
QUELLA NOTTE NON SONO RIU-SCITO A DORMIRE.
TEMEVO CHE QUALCUNO AVREBBE TROVATO IL SUO CA-DAVERE...
...MA NON È ACCA-DUTO.
PERCIÒ IO...
...SONO SCAPPA-TO. ERO TERRO-RIZZATO.

!
SHA AAAAAAAA

PROVA A RIPETERLO!
SOLO OGGI DUE DEI NOSTRI COMPAGNI SONO MORTI IN MODO ORRIBILE.
QUESTA VISITA AL TEMPIO NON È SERVITA A UN BEL NIENTE.
MORIREMO... TUTTI.
IL PROSSIMO POTRESTI ESSERE TU...
MALEDETTO...
CROCK

SHAAAA
SHA
NE` HAMAGUCHI, NE` HOSHIKAWA SONO SOPRAVVISSUTI...
SONO DIVENTATI I "MORTI DI AGOSTO".
AAA
MA CIO` CHE CONTA DAVVERO E` ACCADUTO DOPO IL RITORNO AL MEMORIALE.
SHA
AAA

IL TERRORE HA PRESO IL SOPRAVVENTO.
UAAAAH!
AAH...
QUASI TUTTI HANNO INIZIATO A SCAPPARE...
...E ANCHE IO SONO FUGGITO ALLA CIECA IN MEZZO ALLA PIOGGIA.
ANF
ANF
ANF
AH!
LA SECONDA È STATA UNA RAGAZZA DI NOME HOSHIKAWA...
È SCIVOLATA ED È CADUTA IN UN PRECIPIZIO.

CONFIDAVAMO VERAMENTE CHE CI SAREMMO RIUSCITI...
ANCHE I PROFESSORI SEMBRAVANO SICURI. "QUESTA VOLTA RISOLVEREMO TUTTO", DICEVANO.
PERÒ...
...NON HA FUNZIONATO.
NON POTEVA ESSERE COSÌ SEMPLICE.
SULLA STRADA DEL RITORNO, MENTRE STAVAMO SCENDENDO VERSO IL MEMORIALE SAKITANI, È COMINCIATO A PIOVERE...
ERA UN TEMPORALE TERRIBILE, CON TUONI FRAGOROSI, LAMPI E SAETTE.
IL PRIMO A MORIRE È STATO UN RAGAZZO DI NOME HAMAGUCHI.
LO HA COLPITO UN FULMINE.

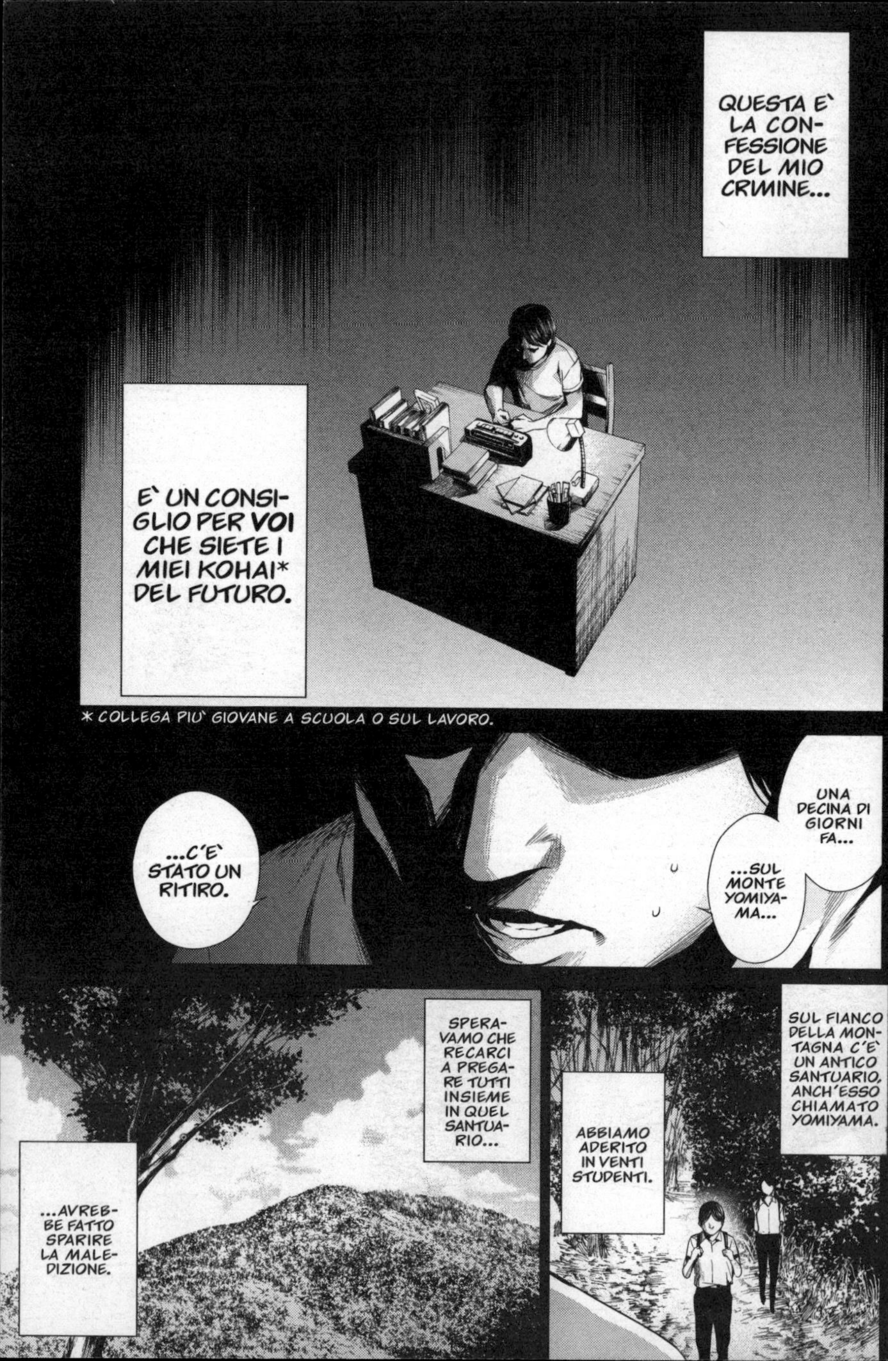
QUESTA E` LA CONFESSIONE DEL MIO CRIMINE...
E` UN CONSIGLIO PER VOI CHE SIETE I MIEI KOHAI* DEL FUTURO.
* COLLEGA PIU` GIOVANE A SCUOLA O SUL LAVORO.
UNA DECINA DI GIORNI FA...
...SUL MONTE YOMIYAMA...
...C'E` STATO UN RITIRO.
SUL FIANCO DELLA MONTAGNA C'E` UN ANTICO SANTUARIO, ANCH'ESSO CHIAMATO YOMIYAMA.
ABBIAMO ADERITO IN VENTI STUDENTI.
SPERAVAMO CHE RECARCI A PREGARE TUTTI INSIEME IN QUEL SANTUARIO...
...AVREBBE FATTO SPARIRE LA MALEDIZIONE.

È IL 1983. SONO UNO STUDENTE DELLA 3ª C DELLA SCUOLA MEDIA YOMIYAMA NORD.
STO REGISTRANDO QUESTO MESSAGGIO LA NOTTE DEL 20 AGOSTO.
SONO A CASA, IN CAMERA MIA.
SONO SOLO.
PREVEDO DI DIPLOMARMI A MARZO DELL'ANNO PROSSIMO...
SONY
TERMINATA LA REGISTRAZIONE, HO INTENZIONE DI NASCONDERE QUESTA CASSETTA DA QUALCHE PARTE NELLA NOSTRA AULA.
SE QUALCUNO UN GIORNO LA TROVERÀ E L'ASCOLTERÀ...
ANZI... TU CHE IN QUESTO MOMENTO STAI ASCOLTANDO LA MIA VOCE...
O MEGLIO VOI...
È MOLTO PROBABILE... CHE SIATE STUDENTI DI UNA FUTURA 3ª C...
...E CHE SIATE SPAVENTATI DAGLI EVENTI IRRAZIONALI CHE COLPISCONO LA CLASSE...

...
VADO...
CLICK
EHM...
IO...
BZZ
BZZ
IO MI CHIAMO KATSUMI MATSUNAGA.

PENSA CHE L'ALTRO GIORNO...
...SI ERA ADDORMENTATA SUL PAVIMENTO, COMPLETAMENTE SPORCA DI ROSSO!
COME I BAMBINI!
LA NONNA PENSAVA CHE FOSSE MORTA E HA CHIAMATO L'AMBULANZA...
...
SEMBRI DAVVERO IN OTTIMI RAPPORTI...
...CON TUA ZIA REIKO...
MISAKI...?
NO...
NON È NIENTE... SONO SOLO...
...UN PO' INVIDIOSA.

GUARDA QUI.
DA BAMBINE AVEVANO LO STESSO VISO, SONO IDENTICHE.
BE'... D'ALTRONDE SONO SORELLE.
SUL RETRO DELLA SECONDA FOTO C'È SCRITTO "RITSUKO 20 ANNI, REIKO 9 ANNI"...
QUESTA ERA REIKO A NOVE ANNI...?
OGGI TUA ZIA REIKO NON È IN CASA?
CREDO CHE SIA USCITA.
COME MAI HA TRASFORMATO LA CAMERA DEGLI OSPITI NEL SUO STUDIO?
LA USA COME ATELIER.
ANCHE SE IO NON CI SONO MAI ENTRATO.
LAVORA A CASA, ALLORA.
DIPINGE QUADRI A OLIO ALL'ACCADEMIA D'ARTE E PARTECIPA A UN SACCO DI CONCORSI.
VORREBBE CHE LA PITTURA DIVENTASSE IL SUO LAVORO.

COLORE?
NO, DIREI DI NO...
UH...?
QUANDO SI E` TOLTA LA BENDA SULL'OCCHIO...?
ANCHE QUESTE ALTRE FOTOGRAFIE SONO DI TUA MADRE?
SÌ, PROPRIO COSÌ.
MMH...
COME PENSAVO.
TUA MADRE E TUA ZIA...
...SI SOMIGLIANO MOLTO.

SORRIDE COME TUTTI GLI ALTRI, MA...
...LA SUA ESPRESSIONE TRASMETTE TRISTEZZA.
INOLTRE, SARÀ SOLO UNA SENSAZIONE, MA MI SEMBRA CHE FLUTTUI, COME SE FOSSE SOSPESO...
E IL COLORE...?
NON TI PARE CHE ABBIA UN COLORE STRANO?

DOVE L'HAI TROVATA?
NELLA STANZA DEGLI OSPITI.
UN TEMPO ERA LA CAMERA DI MIA MADRE, ORA È LO STUDIO DI REIKO.
È QUESTA...
QUESTA...
SAKAKIBARA, TU SAI...
...CHI TRA LORO È MISAKI YOMIYAMA...?
SÌ. È SICURAMENTE QUELLO SULLA DESTRA...
BASTA GUARDARLO PER CAPIRE CHE C'È QUALCOSA DI STRANO...

IO VADO A FARE DUE PASSI...
...
LO HA FATTO PER ME? MOCHIZUKI...
ECCO QUA.
TI AVEVO PROMESSO CHE TE L'AVREI MOSTRATA...
QUESTA E' LA FAMOSA FOTOGRAFIA IN CUI COMPARIVA MISAKI, CHE NON AVREBBE DOVUTO ESSERCI.

POSSO VENIRE IN CAMERA VOSTRA?
MANCA ANCORA UN PO' AL-L'ORA DI CENA.
MISAKI?
SÌ...
VORREI ASCOLTARE LA CASSET-TA...

SE TU SCOPRISSI CHI E` LA "PERSONA IN PIU'"...
...COSA FARESTI?
ECCO, IO...
VRRRR
VRRRR
SAKAKI-BARA?
MISA-KI?

INFORMARE TUTTI NON SERVIREBBE A NIENTE...
ANZI, NON FAREBBE ALTRO CHE AUMENTARE LA TENSIONE.
SENTI, SAKAKIBARA...
TU PENSI CHE LA "PERSONA IN PIÙ"...
...VERRÀ ANCHE A QUESTO RITIRO?
NON RIESCO A SMETTERE DI PENSARCI.
È POSSIBILE CHE NON ESISTA UN MODO PER CAPIRE CHI SIA?
TU COSA FARESTI...?
EH?

ANCHE LEI PARTECIPÒ AL RITIRO DI QUINDICI ANNI FA...
HO CERCATO DI SCOPRIRE COME SI È VERIFICATO L'INCIDENTE.
"PERÒ, IN EFFETTI, MI SEMBRA CHE SIA AVVENUTO QUALCOSA", HA DETTO.
CREDO CHE INSIEME AI RICORDI SI SIA RISVEGLIATO ANCHE IL TRAUMA CHE SUBÌ QUELLA VOLTA...
...COME FACCIO?
COME POSSO FARE...?
RIFERENDOSI A UN COMPAGNO DI CLASSE DI NOME MATSUNAGA, HA DETTO "PENSO FOSSE CON NOI"...
NON LE HO CHIESTO ALTRO.
NON LE HO DETTO NULLA DEL CONTENUTO DELLA CASSETTA.
NON AVREI POTUTO FARLO...

HAI RACCONTATO A MISAKI DELLA CASSETTA...
...VERO?
...
PIU` O MENO.
L'ALTRO IERI L'HO INCONTRATA E GLIEL'HO ACCENNATO.
MI HA DETTO CHE AVREBBE VOLUTO ASCOLTARLA DI PERSONA.
PER QUESTO TI HO CHIESTO DI PORTARLA QUI.
POI? NE HAI PARLATO A QUALCUN ALTRO?
HO DETTO QUALCOSA ANCHE A REIKO...
REIKO... AH.
LE HAI RACCONTATO TUTTO?
VOLEVO SOLO AVERE UNA CONFERMA.

HAI PORTATO LA CASSETTA?
SÌ. HO ANCHE UN MANGIANASTRI PORTATILE!
NOVITÀ DA TOMOKA...?
NON CHE RIGUARDINO IL SUO CONTENUTO.
SO CHE HA FATTO QUALCHE DOMANDA.
MA NON NE VUOLE PARLARE...
CAPISCO...

DOMANI AF-FRONTEREMO LA MONTAGNA TUTTI INSIEME.
RISALIREMO IL FIANCO DELLO YOMIYAMA FINO AL SANTUARIO E PREGHEREMO PER LA SALVEZZA DELLA CLASSE.
ORA SIETE LIBERI DI ANDARE NELLE VOSTRE STANZE FINO ALL'ORA DI CENA.
CI SONO DUE LETTI PER CAMERA, DIVIDETEVI IN COPPIE.
IL RITIRO DI CLASSE E' STATO ORGANIZZATO TALE E QUALE A QUELLO DI QUINDICI ANNI FA.
SIA IO CHE LA PROFESSORESSA MIKAMI SAPPIAMO COSA ACCADDE QUELLA VOLTA...
DUE STUDENTI MORIRONO IN ALTRETTANTI INCIDENTI LUNGO IL SENTIERO, DURANTE IL RITORNO DAL SANTUARIO...
NONOSTANTE QUESTO, E' COMUNQUE INTENZIONATA A TENTARE UN'ALTRA VOLTA, SPERANDO CHE CI SIA ANCHE SOLO UNA MINIMA POSSIBILITA' DI SPEZZARE LA MALEDIZIONE.

Another
Hiro Kiyohara
Yukito Ayatsuji
4th period